Any Marise Ortega
Alex Ubiratan Goossens Peloggia
Fábio Cardoso dos Santos

A Literatura no caminho da História e da Geografia

Práticas integradas com a Língua Portuguesa

1ª edição
1ª reimpressão

© 2009 texto Fábio Cardoso dos Santos
Any Marise Ortega
Alex Ubiratan Goossens Peloggia

© Direitos de publicação
CORTEZ EDITORA
Rua Monte Alegre, 1074 – Perdizes
05014-000 – São Paulo – SP
Tel.: (11) 3864-0111 Fax: (11) 3864-4290
cortez@cortezeditora.com.br
www.cortezeditora.com.br

Direção
José Xavier Cortez

Editor
Amir Piedade

Preparação
Roksyvan Paiva

Revisão
Alexandre Ricardo da Cunha
Oneide M. M. Espinosa
Roksyvan Paiva

Edição de Arte
Mauricio Rindeika Seolin

Imagem da capa
Luís de Camões por François Gérard

Dados Internacionais de Catalogação na Publicação (CIP)
(Câmara Brasileira do Livro, SP, Brasil)

Ortega, Any Marise
A literatura no caminho da história e da geografia: práticas integradas com a língua portuguesa / Any Marise Ortega, Alex Ubiratan Goossens Peloggia, Fábio Cardoso dos Santos. – São Paulo: Cortez, 2009.

Bibliografia.
ISBN 978-85-249-1545-1

1. Geografia – Estudo e ensino 2. História – Estudo e ensino 3. Interdisciplinaridade na educação 4. Literatura 5. Pedagogia 6. Prática de ensino 7. Professores – Formação profissional I. Peloggia, Alex Ubiratan Goossens. II. Santos, Fábio Cardoso dos. III. Título.

09-10207   CDD-371.3

Índices para catálogo sistemático:

1. Literatura e ensino de história e geografia:
Interdisciplinaridade: Prática pedagógica: Educação 371.3

Impresso no Brasil — dezembro de 2017

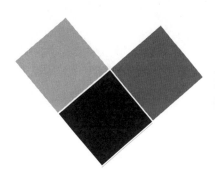

*Para Rafaela Helene, de Goethe
(em Os Anos de Aprendizado de Wilhelm Meister):
"Mesmo à distância estamos unidas por esta melodia,
assim como em toda ausência o estamos pelo mais
delicado sentimento amoroso".*
Any

*À minha mãe, Cecília,
que abriu mão de tantas coisas para educar os filhos.*
Alex

*À minha tia Dina, que muito
acrescentou para que eu chegasse até aqui.*
Fábio

*Aos nossos alunos dos cursos de licenciatura em História, Geografia,
Letras e Pedagogia do Centro Universitário Metropolitano de São Paulo.*
Os autores

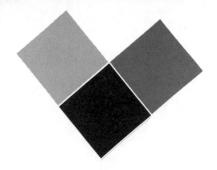

Sumário

I. Introdução 9

II. A interdisciplinaridade no ensino
de História e Geografia 12
   1. A relação entre História e Geografia
   e as razões de seu ensino integrado 12
   2. A ideia de currículo integrado 13
      2.1 O currículo da Educação Básica,
      a formação de professores e a simetria invertida 14
   3. Um eixo norteador para a integração dos
   currículos de História e Geografia 15
      3.1 Tempo, espaço e civilização 15
      3.2 Uma perspectiva multilateral
      do entendimento da realidade 16
   4. A língua como elemento integrador primordial 17

III. A literatura e o ensino de História,
Geografia e Língua Portuguesa 19

IV. O que dizem os Parâmetros Curriculares Nacionais 32
   1. Geografia 33
   2. História 35
   3. Critério de seleção de conteúdos 36
   4. Língua Portuguesa 37

V. Propostas práticas 39
1. Estruturação dos módulos didáticos 39
1.1 Estrutura dos módulos 40
a) O autor e a obra 40
b) O tema e sua atualidade 41
c) Adequação para o ensino 42
d) Objetivos gerais do módulo 42
e) Texto-base 43
f) Sequência didática 43
g) Trabalho final interdisciplinar 47

VI. Módulo 1 – Globalização, civilização, cidade e campo: a Belle Époque europeia em *A Cidade e as Serras*, de Eça de Queirós 48
1. O autor e a obra 48
2. O tema e sua atualidade 50
3. Adequação para o ensino 51
4. Objetivos gerais do módulo 51
Unidades Didáticas 53
Texto-base da Unidade 1 53
Sequência didática 55
Aspectos da língua portuguesa 55
Aula 1 – Primeira aproximação com o texto e com o tema enfocado por este 55
Aula 2 – A obra e o estilo de época 57
Aspectos do conhecimento histórico 62
Aula 1 – O conceito de civilização (para a elite europeia de fins do século XIX) 62
Aspectos do conhecimento geográfico 66
Aula 1 – A cidade e a civilização 67
Texto-base da Unidade 2 69
Sequência didática 78
Aspectos da língua portuguesa 78
Aula 1 – Primeira aproximação com o texto e com o tema enfocado por este 78

      Aspectos do conhecimento histórico 81
      Aula 1 – A "primeira globalização" e a
         globalização contemporânea 81
      Aspectos do conhecimento geográfico 84
      Aula 1 – A primeira "globalização" 85
   Texto-base da Unidade 3 87
      Sequência didática 88
      Aspectos da língua portuguesa 88
      Aula 1 – Aproximação do texto 88
      Aspectos do conhecimento histórico 91
      Aula 1 – O Imperialismo: "fase
         superior do capitalismo" (ou não?) 91
      Aspectos do conhecimento geográfico 95
      Aula 1 – A expansão europeia "neocolonialista" ...95
   Texto-base da Unidade 4 98
      Sequência didática 99
      Uma aula transversal 99
      Tema – O mal-estar civilizatório 99
   Texto-base da Unidade 5 101
      Sequência didática 103
      Aspectos da língua portuguesa 103
      Aula 1 – Aproximação e crítica ao texto 103
      Aspectos do conhecimento geográfico 106
      Aula 1 – A civilização urbana e
         a desigualdade socioespacial 106
   Atividade final interdisciplinar do módulo **109**

VII. Módulo 2 – A relação homem-natureza nas regiões áridas em *Os Sertões*, de Euclides da Cunha 110

   1. O autor e a obra **110**
   2. O tema e sua atualidade **112**
   3. Adequação para o ensino **113**
   4. Objetivos gerais do módulo **113**
      Unidade Didática 114
      Texto-base 114
      Sequência didática 118
      Aspectos da língua portuguesa 118

   Aula 1 – Leitura, literatura e compreensão **118**
   Aula 2 – O estilo euclidiano **121**
  Aspectos do conhecimento histórico **124**
   Aula 1 – O colonialismo francês na África do Norte ... **125**
   Aula 2 – Lições do passado **127**
  Aspectos do conhecimento geográfico **128**
   Aula 1 – Geografia comparada: o Magreb africano
    e o Sertão nordestino **129**
   Aula 2 – A relação homem-natureza **132**
 Atividade final interdisciplinar do módulo **136**

VIII. Módulo 3. As dimensões humanas, a diversidade paisagística do Cerrado e suas relações ecológicas em *Inocência*, do Visconde de Taunay **138**
 1. O autor e a obra **138**
 2. O tema e sua atualidade **140**
 3. Adequação para o ensino **141**
 4. Objetivos gerais do módulo **141**
  Texto-base **142**
   Sequência didática **150**
   Aspectos da língua portuguesa **150**
   Aula 1 – Aproximação ao texto **150**
   Aula 2 – O estilo do autor e a linguagem do sertão **152**
   Aspectos do conhecimento histórico **154**
   Aula 1 – O domínio sociocultural sertanejo **154**
   Aspectos do conhecimento geográfico **156**
   Aula 1 – A localização geográfica e
    o início da construção do "mapa literário" **157**
   Aula 2 – A paisagem do sertão **160**
   Aula 3 – O sertão como região **166**
   Aula 4 – A fauna do cerrado e suas relações ecológicas . **168**
   Aula 5 – O domínio morfoclimático do Cerrado **172**
   Aula 6 – O efeito do fogo no cerrado **176**
 Atividade final interdisciplinar do módulo **180**

IX. Como trabalhar com outros autores, obras e temas **182**

X. Referências bibliográficas **186**

"Pouco a pouco eu aprendi a minha gramática.
Ensinaram-me a sintaxe. Meus sentimentos foram sendo despertados.
E agora, de súbito, meu coração compreende um poema."
Antoine de Saint-Éxupery
In: *Piloto de guerra*

"Estudar História foi fascinante porque eu não a via friamente."
Ariano Suassuna

"Qualquer evento histórico é, antes de sê-lo, um evento geográfico."
Gilles Lapouge

"A relação entre geografia, história e letras não só é possível,
como de fato existe."
Ruy Moreira
In: *Pensar e ser em geografia*

"A literatura pode ser tudo (ou pelo menos muito) ou pode ser nada, dependendo da forma como for colocada e trabalhada em sala de aula. Tudo, se conseguir unir sensibilidade e conhecimento. Nada, se todas as suas promessas forem frustradas por pedagogias desencontradas."
Ezequiel Theodoro da Silva
In: *Literatura e Pedagogia: interpretação dirigida a um questionamento*

Introdução

O objetivo central deste livro é propor projetos de ensino interdisciplinares, envolvendo os campos de conhecimento da História, da Geografia e das Letras, com o uso da literatura em língua portuguesa como ponto de partida e inspiração para o trabalho integrado.

Para tanto, tendo como referência os conteúdos e abordagens propostos nos Parâmetros Curriculares Nacionais do Ensino Fundamental II e do Ensino Médio, foram selecionados autores e obras que, por suas qualidades de estilo, suas temáticas e suas relevâncias literárias, pudessem fornecer fontes de reflexão histórica e geográfica e para o estudo da língua portuguesa. São propostas, assim, atividades didáticas que, em vez de constituírem iniciativas isoladas, guiam-se e são potencializadas por um eixo norteador, a literatura. Acredita-se que o uso articulado e orientado da literatura, como fonte e ferramenta de estudo, seguindo-se um critério de progressiva complexidade, contribuirá para a contínua construção da autonomia do aluno e para uma aprendizagem mais significativa.

Nesse contexto, as atividades integradas aqui propostas, cujos conteúdos são organizados por temas, objetivam especificamente desenvolver a pesquisa e a produção de conhecimentos geográficos, históricos e da língua, por meio de estudos e atividades que valorizem as atitudes intelectuais dos alunos, seu envolvimento nos trabalhos, o incentivo à curiosidade pelo conhecimento (a "curiosidade epistemológica" de que fala Paulo Freire [2003]) e o desenvolvimento de sua autonomia para aprender. Além disso, pretende-se instigar a reflexão crítica sobre os conteúdos específicos estudados (valores e conhecimentos), relacionando-os com contextos sociais, processos históricos e fenômenos geográficos específicos; e, ainda, trabalhar procedimentos para a realização de pesquisas históricas, geográficas e de língua portuguesa.

O que se coloca, portanto, de maneira geral, é a possibilidade de trabalhar-se o texto literário como ferramenta importante na formação do aluno, mobilizando, esclarecendo e reconstruindo conceitos por meio de propostas de trabalho estimuladoras, analisando-se obras selecionadas especialmente para explicitar aspectos de conteúdos desejados, integrando a leitura e compreensão do texto à análise e reflexão disciplinar e interdisciplinar sobre o tema enfocado, com vistas à ampliação do repertório cultural dos discentes, consolidando sua formação básica.

Tendo por perspectiva tais possibilidades, a questão que se coloca, para nós, é *o uso do "potencial histórico e geográfico" da literatura brasileira e portuguesa como ferramenta de ensino* que propicie explorar, interdisciplinarmente, as categorias e conceitos geográficos e históricos propostos para discussão nos ensinos de nível Fundamental II e Médio. Trata-se, portanto, de utilizar obras literárias como forma de concretizar para o aluno, mesmo que "virtualmente" (ou seja, na distância e ao tempo a que se remetem as obras consideradas), modos de ser da realidade natural e humana expressos nas paisagens descritas, nas observações relatadas e nas percepções de mundo oferecidas pelos autores.

Para tanto, propõe-se que as práticas aqui delineadas desenvolvam-se integradamente às disciplinas de conteúdos específicos, a partir de obras selecionadas, identificando-se nas mesmas temáticas que possam ser trabalhadas. Isto deve ser feito destacando-se as categorias e os conceitos fundamentais envolvidos, sejam geográficos, históricos ou referentes à língua, adequando-os ao que se pretende desenvolver no ensino, tomando por referência as propostas dos Parâmetros Curriculares Nacionais e desenvolvendo-se as melhores formas (estratégias didáticas) de se fazer isso.

Cada texto ou conjunto de textos selecionado serve de base, assim, para um *módulo didático* específico e independente. Em cada módulo, os aspectos históricos, geográficos, literários e gramaticais são desdobrados a partir da própria obra estudada e desenvolvidos articuladamente por meio da discussão dos conceitos e categorias presentes, da reflexão sobre o significado das ideias expostas, da comparação com autores especializados e da verificação de sua utilidade (aplicação) no entendimento de questões contemporâneas. Nessa abordagem, a utilização do texto literário como ferramenta básica pode ter seu alcance potencializado com sua integração a outras ferramentas complementares, como o filme, o jornal e as artes visuais.

Conquanto apresentados separadamente, por finalidade prática, as questões históricas e geográficas são analisadas por meio de uma abordagem integradora, denominada *geohistórica*, que permite a consideração do espaço e do tempo em sua articulação e interdependência. Os módulos didáticos são estruturados à maneira de *planos de aula* (que podem ser trabalhados isolados ou sequencialmente), permitindo que os professores envolvidos organizem suas atividades, de forma flexível, como projetos específicos desenvolvidos segundo as conveniências e necessidades do trabalho pedagógico.

Esta obra é destinada, principalmente, aos professores de ensino fundamental e médio e de Prática de ensino ou Didática de História, Geografia e Língua Portuguesa nos cursos superiores de licenciatura, bem como aos estudantes que se estejam formando ou especializando na docência, nos níveis de graduação e pós-graduação, nessas áreas do conhecimento. Enfim, espera-se que se possa contribuir na abertura e consolidação de novos caminhos para o aperfeiçoamento do ensino e consistência da aprendizagem na educação brasileira.

A interdisciplinaridade no ensino de História e Geografia

1. A relação entre História e Geografia e as razões de seu ensino integrado

> Este capítulo tem fundamentação no "Manifesto Geohistórico" de Ortega e Peloggia (2007).

Hoje em dia é muito forte a opinião, entre os educadores, de que a organização curricular tradicional, baseada em campos de saberes compartimentados (ou seja, as "disciplinas"), não é a mais adequada para a formação que a sociedade brasileira se propõe a efetuar com as novas gerações. Os próprios Parâmetros Curriculares Nacionais fundamentam tal ponto de vista ao possibilitarem a organização dos conteúdos do ensino de formas alternativas.

Todavia, o conservadorismo curricular ainda é forte, o imperativo da preparação para os grandes vestibulares é ponto central, e os livros didáticos, que sem dúvida constituem, ainda hoje, parâmetros importantíssimos da seleção e ordenamento de conteúdos, em sua ampla maioria continuam seguindo critérios de organização e seleção de conteúdos rigidamente tradicionais e frequentemente reducionistas. Prosseguem, em boa parte, sendo grandes depósitos de "saber científico" compartimentado. No caso da História, persiste o critério cronológico usual, em que os capítulos correspondem a certas conjunturas específicas, expostas aos fragmentos e em geral abstraídas de seus contextos de longa duração, sem verificar-se o encadeamento dos processos históricos. Em Geografia, a dicotomia entre os conteúdos "físicos" e "humanos" é mantida associadamente a conteúdos de ênfase descritiva.

Kaercher (2008, p. 138), por exemplo, discute a presença da Geografia em tipos de textos diferentes do livro didático (o "maior inspirador na preparação de aulas") e propõe pensar-se as aulas a partir de matérias jornalísticas. Para o autor, "basta ler um livro didático de geografia para percebermos que o seu formalismo excessivo leva à construção de uma ideia que permanece em nós, mesmo depois de termos abandonado a escola: a da Geografia como um ensino árido, classificatório e distante de nossa realidade". Nos livros didáticos de Geografia, em especial os do início do ensino fundamental, "com o pretexto de sistematizar/apresentar essa disciplina aos alunos normalmente faz-se um longo 'resumo' dos assuntos que ela trabalhará nos anos seguintes, num cansativo e abstrato exercício expositivo: Faz-se 'didaticamente' a dissecação da geografia. Mas, lembremos, dissecamos... cadáveres."

Sendo assim, o ponto de partida de nossa discussão são as novas perspectivas que se abrem para a reconstrução do currículo no ensino fundamental e no médio. Nesse sentido, devemos inicialmente levar em conta que o currículo (isto é, o que se ensina, como e quando) não é simplesmente uma montagem neutra de conhecimentos, mas sempre parte de opções teórico-filosóficas, de visões de mundo, de homem, de sociedade e do próprio conhecimento. Estas visões informam seus propositores e, desse modo, configuram o desenvolvimento do currículo numa atividade essencialmente seletiva: de conteúdos, de formas de ensinar, de avaliar.

2. A ideia de currículo integrado

Nesse sentido, a perspectiva da construção de currículos integrados, fundamentados na noção de aprendizagem global (ou *globalizada*, no sentido referido ao processo de desenvolvimento de estruturas mentais) se apresenta como uma opção significativamente interessante. Seus fundamentos são a articulação de campos de saberes e a negação de sua compartimentação, o rompimento do currículo tradicional por matérias, a necessidade de adaptação da escola às múltiplas fontes de informação que veiculam o conhecimento. Tal perspectiva global, feita a partir da integração de diferentes campos do conhecimento, implica a integração de diferentes ciências com o objetivo de conhecimento comum, numa perspectiva interdisciplinar dos objetos que abordam e dos métodos de que se valem.

2.1 O currículo da Educação Básica, a formação de professores e a simetria invertida

Por outro lado, seria um erro de origem pensar no currículo em abstrato, não levando em conta quem efetivamente deve participar de sua elaboração como plano e do seu desenvolvimento como processo. Nesse sentido, o que nos preocupa, por um lado, é descobrir ferramentas e estratégias didáticas e novos modos de organização curricular que possibilitem experiências de ensino-aprendizagem que façam sentido e tenham significado para alunos e professores dentro de suas realidades objetivas e subjetivas. E, por outro lado, no que diz respeito à formação de professores, o desenvolvimento de práticas que propiciem forjar o futuro educador na própria lógica do currículo integrado e da aprendizagem globalizada, conforme o princípio pedagógico da simetria invertida. Ou seja: não cairmos na contradição de formarmos professores de maneira disciplinar e compartimentada e esperarmos que atuem interdisciplinar e globalmente.

Daí decorre a necessidade da reconstrução dos currículos sob uma nova perspectiva, que rompa com a fragmentação disciplinar acadêmica, fruto do modo de produção especializado do conhecimento científico e, conquanto tendo como base inalienável tal conhecimento, reconheça que este não é um fim em si mesmo. O que será trabalhado na escola é um conhecimento, transposto didaticamente, que deve ser adaptado aos objetivos educacionais e necessidades curriculares: enfim, o que se denomina de conhecimento escolar.

O desafio de rompimento com a tradição acadêmica, obviamente, não é simples e certamente enfrentará incompreensões e resistências. Por isso, deve resultar de um processo cuidadoso, cujo primeiro passo nos parece estar na integração de campos do conhecimento com maiores afinidades. É o caso da Geografia e da História. Nesse sentido, é necessário encontrar eixos norteadores para a construção do currículo integrado e que, nesse caso, parecem recair nos elementos essenciais compartilhados pelos "objetos" das duas disciplinas: tempo e espaço.

3. Um eixo norteador para a integração dos currículos de História e Geografia

A questão, enfim, é: que perspectiva teórica se nos figura adequada para integrar espaço e tempo, História e Geografia? Quais as noções essenciais que poderão "amarrar", "imbricar" esses elementos? Propomos como uma possibilidade de resposta a tais questões as perspectivas de *geohistória* e *civilização*, conforme abordadas por Fernand Braudel (2004).

Nesse sentido, civilização se afigura como um conceito que só pode ser definido à luz de todas as ciências humanas: falar de civilização é falar de espaços, de sociedades, de culturas, de economias, de mentalidades coletivas. Por outro lado, para Braudel, a *geohistória* deve colocar os problemas humanos dispostos no espaço (e cartografados!), mas não somente no espaço presente, configurando uma Geografia Humana que incorpore a dimensão temporal e uma História preocupada com o espaço e aquilo que ele suporta, engendra, facilita ou contraria em virtude de sua permanência.

3.1 Tempo, espaço e civilização

Tempo e espaço, nessa perspectiva, são meios para a compreensão do homem, das sociedades, dos sistemas políticos, enfim, das civilizações, estas personagens "fabulosamente velhas", no dizer de Braudel, que nos acompanham em passo lento e que, no entanto, constituem *marcos inteligíveis* do mundo atual, uma vez que sobrevivem em cada um de nós, como diz o pensador francês.

Para esta compreensão faz-se necessário o recurso à comparação, entendida como um método que fornece os "pontos de apoio sem os quais nada seria possível". Nesta linha, ao desdobramento do tempo em durações diferenciadas, às quais se associam desde longos processos civilizatórios até as durações curtas dos eventos conjunturais da política e da economia, corresponde a diferenciação espacial em níveis privilegiados de análise que fornecem o substrato concreto da História. No entendimento braudeliano, a convergência entre História e Geografia é tão melhor uma vez que *não há nenhuma vantagem em separar uma da outra.*

3.2 Uma perspectiva multilateral do entendimento da realidade

O filósofo Georg Lukács (1969) disse certa vez que, do ponto de vista ontológico, quer dizer, no que se refere ao *ser*, as divisões entre as ciências têm um significado secundário. O geógrafo Jean Tricart (apud: Moreira, 2008, p. 126) entende a mesma coisa quando diz que a natureza ignora as nossas divisões formais em ramos da ciência. Esta perspectiva de compreensão da realidade como um objeto único, apenas fragmentado epistemologicamente em função das necessidades de aprofundamento das investigações especializadas, é tomada aqui como ponto de partida para o trabalho curricular integrado nos campos da História e da Geografia, e por que não em outros. Trata-se de um empreendimento não só possível, como necessário, tendo em vista as demandas da educação contemporânea, e que se viabilizará mediante a adoção de referenciais teóricos apropriados.

Tomemos um exemplo. Considerado um dos maiores geógrafos franceses, Élisée Reclus (1830-1905) ficou conhecido também por suas posições – e ações – políticas libertárias. O texto a seguir, escrito no início do século XX, faz parte do primeiro capítulo de sua última obra, *O Homem e a Terra*, no qual o autor trata da questão das origens do homem, a respeito do que destaca a evolução constante do meio e sua influência sobre os homens:

> Todas as individualidades geográficas da Terra, em suas variedades infinitas de natureza, de fenômenos e de aspecto, trazem consigo as marcas do trabalho de forças sempre em ação de modificá-las. Por seu lado, cada uma dessas formas terrestres torna-se, desde seu aparecimento, e continuam a ser ao longo de todo o curso de sua existência, as causas secundárias das transformações que se produzem na vida dos seres nascidos da Terra... Vista (...) *em suas relações com o Homem, a Geografia não é outra coisa senão que a História no espaço, da mesma forma que a História é a Geografia no tempo. Não se pode dizer igualmente que o Homem é a natureza tomando consciência de si mesma?* (Reclus, 1998, p.106, tradução e grifos nossos).

Tomemos outro exemplo. Aziz Ab'Saber (2007, p. 31), ao falar sobre sua experiência no ginásio, na década de 1930, comenta que seu interesse pela Geografia – num contexto em que os professores exigiam que os alunos decorassem muitos nomes e em que nem cenários apareciam – surgiu com as aulas de um professor de História! Este "se apoiava em fatos da geografia regional, situava os acontecimentos em cima do espaço real, a expansão de certos tipos de fatos sobre áreas diversas do mundo. E me senti muito estimulado e interessado por aquela interface entre tempo e espaço – ou espaço e tempo."

O mesmo Ab'Saber, ao falar sobre seu ingresso, como aluno, na Universidade de São Paulo, diz o seguinte: "Fiquei abismado. Pensei: 'Escolhi uma área por causa das aulas de que gostei, e de repente vou enfrentar um exame difícil'. Queria entrar no curso mais por causa de História. Não tenho nenhum embaraço em falar nisso, *os cursos eram juntos na universidade. E era extraordinário: dava para a gente sentir os problemas da cultura geográfica e da cultura histórica. Uma interface importantíssima*" (p. 33; grifo nosso).

Enfim, o que se conclui é que, se o desenvolvimento da ciência exige a especialização (e conquanto nada justifique ao cientista a perda de uma necessária visão de conjunto), isto não implica de forma alguma que tal modelo deva ser reproduzido no processo de ensino. Ou seja, a construção de um conhecimento escolar e a transposição didática dos conteúdos de conhecimento do mundo, conquanto fundamentados na ciência, implicam na reorganização desses conteúdos por meio de abordagens pedagógicas às quais se associam escolhas de caminhos próprios para a sua apreensão. E, se concordarmos com Braudel que não há vantagem nenhuma em separar História e Geografia, muito menos há na separação de seu ensino.

4. A língua como elemento integrador primordial

Até aqui discutimos a questão da convergência do conhecimento histórico e geográfico e defendemos a razão de seu ensino integrado. Todavia, resta agregar ao debate um terceiro elemento, qual seja o papel dos estudos da língua portuguesa nessa perspectiva interdisciplinar.

Ocorre que o processo de ensino-aprendizagem é, em sua essência, um processo de comunicação, e seu veículo é a língua. Sejam quais forem os conteúdos selecionados, seja qual for a abordagem didática privilegiada, a articulação do processo se faz por meio de recursos linguísticos. No caso da proposta deste livro – qual seja, o uso da literatura como ferramenta didática para o ensino integrado de História e Geografia –, as possibilidades pedagógicas e as oportunidades de desenvolvimento de experiências significativas de ensino da Língua Portuguesa se desdobram no trabalho de compreensão de texto (sem o qual o conteúdo torna-se inacessível). Esta compreensão de texto ancora-se em termos de sua coesão e coerência, das tipologias textuais, da percepção do estilo e do entendimento de sua estrutura lógica, o que torna diretamente oportuna a discussão de elementos linguísticos como as estruturas gramaticais e as figuras de estilo. E ainda, como parte do mesmo processo, integram-se as atividades de produção de texto, desdobradas na criação de gêneros e tipologias textuais variados a partir dos textos literários básicos.

A relevância da relação entre o estudo da língua e da ciência fica mais evidente se nos atentarmos para o que Ab'Saber (2002) denomina de "capacidade evocadora da terminologia científica", ou seja, o fato de que a linguagem simbólica utilizada na ciência (o autor se refere especificamente à Biogeografia, mas podemos certamente generalizar suas conclusões) ganha força quando suas expressões remetem a significados outros que, diríamos, postos em relação atribuem sentido específico a conceitos por vezes dotados de significativa complexidade. O mesmo ocorre na linguagem literária, simbólica por excelência, em que a compreensão dos significados se dá em função do uso preciso dos termos.

Generalizando, podemos dizer que o diálogo entre a literatura e a ciência se dá por meio da linguagem e que, desse modo, é também nela que se deve fundamentar o uso da literatura como ferramenta didática, como proposto nesta obra.

A literatura e o ensino de História, Geografia e Língua Portuguesa

O uso da literatura como ferramenta de ensino, na verdade, não é uma ideia nova. Já na antiga Grécia cabia aos poetas, em particular a Homero, o papel educativo. Com ele, os gregos *aprendiam* moral, teologia e tudo que sabiam sobre história, geografia, navegação, arte militar, cosmologia etc. (Navarro e Calvo, 1998, p.15) Todavia, na contemporaneidade, a potencialidade da literatura na educação não tem sido, em geral, bem explorada, talvez em razão de um "rigor" cientificista algo exagerado e distorcido.

Seja como for, uma primeira aproximação à questão das potencialidades da literatura no ensino de História, Geografia e Língua Portuguesa pode ser realizada por meio da constatação das experiências vividas e da análise das reflexões efetuadas sobre a questão por autores significativos nesses campos de conhecimento. Tomaremos como exemplos os geógrafos Aziz Ab'Saber e Ruy Moreira, a historiadora Emília Viotti da Costa e o escritor Ariano Suassuna.

Aziz Ab'Saber (2006), ao comentar a obra *Infância*, assinala que Graciliano Ramos ("um escritor egresso da regionalidade, o menino saído do sertão de Buíque, Pernambuco") registrou em suas memórias a passagem das feições de águas e da vegetação ao longo do itinerário percorrido entre a área das caatingas, os agrestes e o encontro da Zona da Mata. Para Ab'Saber, tratar-se-iam de "excelentes e vívidas observações de quem veio dos sertões para o domínio das matas, de oeste para leste – o contrário do que fazem viajantes e pesquisadores". E, dessa forma, "a força e a sucessão dos cenários registrados pelo notável escritor documentam um fato genérico e integrado", bem percebido por Antonio Candido, "de que *muitas vezes os escritos de ficção regional guardam maior expressão interdisciplinar do que muitos trabalhos formais de cientistas*" (2006: p. 98, grifos nossos).

A observação de Ab'Saber, acima transcrita, deixa claro o potencial da literatura como fonte de investigação geográfica e interdisciplinar. Esta possibilidade não é só restrita ao romance regionalista, mas, acrescentamos, se abre em um amplo leque de opções que vai da contraposição entre o urbano "globalizado" e o rural "provinciano" (como em *A Cidade e as Serras*, de Eça de Queirós), à caracterização de domínios de natureza (como as veredas do cerrado de Guimarães Rosa, em *Grande Sertão: Veredas* ou o sertão matogrossense em *Inocência*, de Taunay), passando por aspectos como a relação homem-natureza em diferentes contextos geográficos (como n'*Os Sertões*, de Euclides da Cunha ou mesmo a questão da idealização da natureza tão típica dos autores românticos, dentre inúmeras outras possibilidades.

> Por exemplo, na obra Ciência e Arte: Euclides da Cunha e as Ciências Naturais, José Carlos Santana reconstitui a trajetória científica e literária de Euclides, realçando suas relações com a Botânica, a Geografia e a Geologia.

De fato, a reflexão teórica sobre a relação entre geografia e literatura tem se desenvolvido significativamente, podendo ser destacadas, como interessantes exemplos dentre a produção mais recente, duas obras. A primeira é *O Mapa e a Trama: ensaios sobre o conteúdo geográfico em criações romanescas*, de Carlos Augusto de Figueiredo Monteiro (2002), em que a criação literária é vista como um complemento altamente enriquecedor da Geografia e são estudados autores e obras como Aluísio de Azevedo (*O Cortiço*), Lima Barreto (*Triste Fim de Policarpo Quaresma*), Machado de Assis (*Memórias Póstumas de Brás Cubas*), Graciliano Ramos (*Vidas Secas*), Graça Aranha (*Canaã*) e Guimarães Rosa (*Corpo de Baile e Grande Sertão: Veredas*). A outra obra é o *Atlas das Representações Cartográficas do Brasil*, do IBGE (2006), do qual foi publicado o volume 1, referente ao Brasil Meridional. Tendo como base o conceito de região cultural, o Atlas relaciona geografia e literatura: a região das Missões Jesuíticas (vistas por Érico Veríssimo e Alcy Cheuirche), a Campanha Gaúcha (com Veríssimo, Simões Lopes Neto, Josué Guimarães, Luiz Antonio de Assis Brasil, Hilda Simões Lopes e Cyro Martins), o Vale do Itajaí (na visão de Urda Alice Klueger), a região das Colônias (Josué Guimarães, José Clemente Pozenato e Charles Kiefer) e o Norte do Paraná (com Domingos Pellegrini).

Enfim, o próprio Ab'Saber (2007, p. 47), falando sobre a importância da "geografia nos romances" em sua formação profissional, diz: "Eu vi a geografia através dos romances. Desdobrei-me no estudo da literatura regional brasileira: Dalcídio Jurandir para a região amazônica, José Lins do Rego, Jorge Amado e Graciliano Ramos para a região semiárida... Até hoje tenho uma noção da importância disso, porque me perguntam: 'Professor Aziz, quais são os espaços que podem ser chamados de parques culturais no Brasil?'. E eu digo: 'Tem o amazônico, tem o sertanejo do Nordeste, tem o residual caipira, tem o residual caiçara, tem o gaúcho e tem o pantaneiro. Estas são grandes áreas de tradição no linguajar e na mitologia nacional".

Já para Ruy Moreira (2007, p. 143 e ss.), no texto "*Ser-tões*: o universal no regionalismo de Graciliano Ramos, Mário de Andrade e Guimarães Rosa", na intersecção da literatura do romance com a Geografia evidencia-se com clareza a dimensão de espaço-tempo do real como "modo de ser do homem no mundo". Ou seja, esse autor vê a literatura como portadora de uma *geograficidade*. Para ele, a relação entre Geografia, História e Letras (no caso, literatura) não só é possível, como de fato existe, sendo a relação fundamentada na categoria do espaço, uma vez que "não existe tempo fora do espaço, e espaço fora do tempo, uma vez que o real é o espaço-temporal", ou melhor, que não é possível ao romance tratar da problemática humana fora de sua *contextualidade espaço-temporal*. Como exemplos, cita Machado de Assis, Lima Barreto, Graciliano Ramos, José Lins do Rego, Jorge Amado, Érico Veríssimo e Guimarães Rosa, cujos personagens, como "homens-no-mundo", "veem suas tramas de vida confundirem-se com seu espaço e tempo" e têm suas existências indissociavelmente mescladas às determinações espaço-temporais.

Em sentido convergente, escrevem Medeiros e Souza (2008): "O pensar geográfico é sempre um empreendimento inacabado e complexo, que exige uma posição do sujeito frente à realidade vivida. Dar vida à geografia por meio da literatura é buscar compreender o espaço-tempo como modo de ser do homem no mundo. Assim, a relação interdisciplinar entre geografia e literatura possibilita a aquisição de novos modos de compreender o mundo, criar novas atividades e reflexões para o ensino desta disciplina nas escolas".

Enfim, Moreira (2007, p. 143 e ss.) discute um aspecto que nos parece central no que diz respeito à interdisciplinaridade entre Geografia, História e Literatura e as implicações disso para o ensino: os romancistas recusam a dicotomização entre um espaço real, objetivo (que seria objeto das ciências históricas e geográficas), e um espaço de expressão do real, simbólico. Privilegiando a segunda forma de expressão, a literatura "se funde e se separa da ciência existente, conjuga-se com ela na intencionalidade da compreensão do mundo, mas *rejeita a tendência desta ao discurso árido*" (grifo nosso). Assim, para Moreira, uma vez que a vida humana é uma unidade do simbólico e do real, ao interpretar o mundo pelo seu conteúdo simbólico a literatura, na verdade, se aproveita de uma dimensão da realidade que a ciência menospreza e, assim, acaba por ser *"uma leitura espaço-temporal do mundo mais eficaz que a da Geografia e da História, teoricamente ciências do espaço e do tempo"* (grifo nosso). A literatura, desse modo, conquanto falando da realidade humana com a "linguagem subjetiva do signo", não seria menos realista que a ciência. Ou seja, para Moreira, há que se rejeitar a concepção positivista que coloca ciência e arte em mundos separados, e considerar que se tratam de modos diferentes de interpretação-representação do real, ou seja, discursos sobre o mundo.

Nesse sentido, os próprios Parâmetros Curriculares do Ensino Médio, que discutiremos adiante nesta obra, consideram que a literatura é um bom exemplo do simbólico verbalizado, e exemplificam com Guimarães Rosa, que "procurou no interior de Minas Gerais a matéria-prima de sua obra: cenários, modos de pensar, sentir, agir, de ver o mundo, de falar sobre o mundo, uma bagagem brasileira que resgata a brasilidade" (Brasil, 1999b, p. 141).

Por outro lado, em um texto sobre *Ensino de Geografia e Literatura*, em que se apresenta uma experiência didática interdisciplinar baseada na obra

Bom dia para os defuntos (do escritor peruano Manuel Scorza), Nídia Pontuschka, Tomoko Paganelli e Núria Cacete destacam o caráter prazeroso da literatura, comparado à fruição de um quadro ou uma música, mas entendem que a literatura vai muito além disso, possibilitando aos alunos descobrirem "toda a grandeza existente nos homens, para que saibam que essa grandeza existe neles igualmente" (Pontuschka et al., 2007, p. 237). Assim, a compreensão do texto literário torna-se possível não só pelo recurso à teoria literária, mas também pelo estudo do contexto em que se dá a trama vivida pelas personagens.

As considerações anteriores vêm perfeitamente ao encontro da opinião de Antonio Candido sobre a potencialidade interdisciplinar da literatura, citada por Ab'Saber, bem como de suas considerações a respeito do caráter ao mesmo tempo subjetivo e objetivo do romance. De fato, para Candido, em *A compreensão da realidade* (2004b, p. 33 e ss.), há no romance dois ângulos principais que definem a visão do autor e condicionam sua "arte de escrever": a investigação da realidade como algo subordinado à consciência (esta alçada ao primeiro plano) ou a consciência sendo posta a serviço de uma realidade existente fora dela. Levando em conta tais ângulos de subjetivismo e objetividade, combinados nas mais variadas formas, Candido considera que "as obras mais completas são em geral as que manifestam simultaneamente os dois aspectos da realidade – o interior e o exterior – tratados, porém, como se o romancista houvesse estabelecido com o seu material uma relação de sujeito e objeto". Conforme o autor citado, os escritores em geral alcançam a plenitude quando conseguem passar do subjetivismo adolescente ("que faz da realidade um conjunto de impressões e emoções") para a análise objetiva (que "reconhece a existência própria do mundo onde o sujeito se insere"), como seria o caso de José Lins do Rego.

Enfim, voltando a Moreira (2007), seria uma consequência da dicotomização entre ciência e expressão artística a busca, pelo discurso científico, de "objetividade" e "rigorosidade", o que tornaria sua linguagem "seca, árida e habitualmente desinteressante". Tratar-se-iam de padrões de formulações "científicas" em que o homem e sua interioridade subjetiva estão de fora, mesmo sendo estes o tema!... Falta calor humano à ciência, como diz Moreira. E, acrescentaríamos, ao seu ensino.

* * *

Já a referência à literatura no desenvolvimento do gosto pela História é relativamente mais frequente que a da Geografia, inclusive dentre intelectuais consagrados, e se dá em relação a obras de literatura infanto-juvenil – como *História do Mundo para Crianças*, de Monteiro Lobato – ou ao romance. Todavia, a mesma referência parece não se repetir no que diz respeito a experiências sistemáticas do uso da literatura como ferramenta didática em História.

O potencial da literatura para o ensino da História, porém, é tão significativo, senão mais, quanto para o da Geografia: se não por outros diversos motivos, simplesmente pelo fato de que o texto literário em si, como ressalta Circe Bittencourt (2004), constitui um documento de época, "cujos autores (os criadores da obra) pertencem a determinado contexto histórico e são portadores de uma cultura exposta em suas criações, seguidores de determinada corrente artística e representantes de seu tempo"(p. 342). É também opinião da autora citada que romances, poemas e contos são textos que contribuem, por sua própria natureza, para trabalhos interdisciplinares, e que o uso de textos literários por outras disciplinas faz parte de uma "longa tradição escolar" que remonta à época do "currículo humanístico", sendo o enlace entre ensino de História e ensino de Literatura sempre desejável. Um argumento de peso para sustentar tal posição pode ser tomado a Adalberto Marson, aliás de forma convergente com a argumentação de Ruy Moreira sobre a Geografia: "Nos meandros da imaginação literária, por exemplo, percebemos a historicidade retratada de modo mais aberto que muitos testemunhos monumentais já convencionados do passado..." (Marson, 1984, p. 62-63).

Enfim, especificamente sobre o campo do conhecimento histórico, podemos citar algumas considerações de Ariano Suassuna, em essência também convergentes com as considerações que citamos acima. Escreve Suassuna: "[...] eu tenho uma visão particular sobre História. Veja bem, não sou historiador, sou fundamentalmente escritor. Fui muito marcado por Leonardo Mota e por um outro escritor, tido como um autor menor, mas do qual gosto muito, Alexandre Dumas. *O Conde de Monte Cristo*, que muita gente vê como uma obra de diversão, para mim tem um

"Eu sou é Imperador!", entrevista concedida à revista Nossa História, dezembro 2004, p. 50-55.

grande sentido mítico, algo que me toca muito. Vejo o personagem do Abade Faria como Mefistóteles de *Fausto*, pois ele transforma um jovem e inocente marinheiro no sombrio Conde. Mas o caso aqui é outro livro, *Os Três Mosqueteiros*. Acontece que os historiadores modernos começaram a fazer uma História baseada em documentos. Tudo bem, eles são importantíssimos, sim. Mas, com essa ênfase nos registros, os historiadores deixam de lado algo muito importante que é o personagem. Só que para isso tem que ser escritor. *O grande historiador tem que ter a precisão, a documentação, o estudo, o esforço do cientista, e também a chama do escritor.* Sem isso, ele não coloca a pessoa diante do personagem. Por conta de Dumas, eu nunca vi o Cardeal Richelieu como um homem cinzento e abstrato igual aos outros personagens nos livros de História. O escritor tornara o personagem vivo para mim. Estudar História foi fascinante porque eu não a via friamente" (2004; grifo nosso).

Suassuna conta que, aos dez anos, vindo do sertão para Pernambuco, ficou interno num colégio no Recife e, para passar do primário para o ginasial, teve de fazer um exame de admissão, no qual os conteúdos eram Matemática, Português, História do Brasil e Geografia, com prova escrita e oral: "Quando eu respondi a uma pergunta de História do Brasil, o professor – Antonio Gonçalves de Castro – disse: 'A sua resposta está certa, mas você respondeu da maneira de quem conhece História da Civilização', como se chamava História Geral então. Eu, que era meio convencido, retruquei: 'Mas eu conheço'. O professor começou a rir e a me fazer novas perguntas, comigo acertando todas. Entusiasmado, ele chamou os outros para assistir meu exame. Tudo isso eu devia à leitura de Dumas, de Viriato Correia e de Monteiro Lobato. Iniciei-me na História com leituras agradáveis. É isso que os historiadores atuais estão perdendo – e eu estou reclamando muito".

Falando sobre a convergência da arte e da ciência, Suassuna afirma que nunca aceitou e nunca aceitará a ideia dos naturalistas franceses de que o artista teria que partir do mesmo ponto de observação do cientista. Para ele, essa visão não valeria nem para o *cientista bom*, "porque os grandes não são assim": "a arte e o conhecimento têm o mesmo dom: a intuição, que é muito forte nos dois".

Em sentido convergente às ponderações de Suassuna pode ser citada, por exemplo, a proposta de Rafael Ruiz acerca de um novo método de ensino de História baseado na Literatura: partindo-se do pressuposto de que a forma mais adequada para se construir o próprio ponto de vista é a análise comparativa (como dissemos anteriormente, destacando o pensamento braudeliano), a Literatura pode constituir uma nova fonte de análise e trabalho para a elaboração de tal abordagem, agregando-se a "convenção da veracidade, própria da História" à "convenção da ficcionalidade, própria da Literatura". Em uma visão convergente à apresentada por Ruy Moreira para o ensino de Geografia, escreve Ruiz: "Podemos trabalhar os diferentes modelos históricos através de um documento ou de um texto literário clássico. Podemos usar, como método de trabalho e em salas de aula, tanto um texto de Tucídides, para mostrar a 'História, mestra da vida', como um texto do *A vida e as estranhas aventuras de Robinson Crusoé*, de Daniel Defoe; (...) tanto um documento da 'história presente' como uma leitura de *Palomar*, de Ítalo Calvino" (Ruiz, 2004, p. 78).

Enfim, Emilia Viotti da Costa, em entrevista publicada no livro *Conversas com historiadores brasileiros* (Moraes e Rego, 2007, p. 69) também destaca a influência da literatura em sua formação: "Meu gosto pela História foi, em parte, produto do hábito de ler que adquiri muito cedo. Minha mãe era uma leitora assídua. Tinha uma biblioteca muito vasta, onde predominavam romances. Através deles aprendi a gostar da história narrativa".

Destaca-se também a consideração da historiadora sobre o papel da literatura e da arte no que diz respeito ao entendimento da realidade dos países da América Latina que conheceu pessoalmente: "A realidade tal como eu a via reverberava nas obras de um Pablo Neruda, de um Ciro Alegria, de um Siqueiros, de um Portinari, de um Jorge Amado, de um Graciliano Ramos. *Escritores, pintores ou poetas, todos pareciam reforçar minhas impressões do mundo à minha volta. Ou teriam sido eles que me fizeram ver o mundo daquela maneira?* Pouco a pouco, dentro de mim foi se formando um projeto de estudos e pesquisa: compreender e explicar a dinâmica de nossa história a fim de descobrir as origens das desigualdades sociais e da miséria..."

Não é de se estranhar, portanto, que o próprio Fernand Braudel (2004, p. 385 e ss.), no capítulo dedicado à América Latina de sua obra *Gramática das Civilizações*, escreva que "se não a pudermos observar com os nossos próprios olhos, há que ler, pelo menos, a sua admirável literatura, direta, pouco apurada, ingenuamente, francamente responsável. Mil viagens proporciona ao espírito e o seu testemunho é de uma nitidez que ultrapassa o que podem oferecer as reportagens, os estudos sociológicos, econômicos, geográficos e históricos (...)". Braudel, escrevendo na década de 1960, continua: "Revela também, e isso não tem preço, o perfume de regiões e sociedades sempre especiais, muitas vezes secretas, malgrado a jovialidade e a franqueza com que nos acolhem". E, assim, dentre autores argentinos, mexicanos, colombianos, o historiador francês cita como exemplos Euclides da Cunha, com *Os Sertões*, e os romances de Jorge Amado.

Os autores que citamos constituem um pequeno, porém significativo, exemplo da significância da obra de arte, em especial a literária, na formação do indivíduo. Outros exemplos poderiam ser citados. Todavia, o que há de comum nessas experiências subjetivas narradas tão francamente: o papel mediador, criador de interesse, propositor de possibilidades de experiências formadoras, enfim, de constituição de *visões de mundo alargadas a partir do próprio mundo*, processo em que o conhecimento pode ser apreendido intuitivamente, naturalmente, e posteriormente retrabalhado e consolidado de forma, aí sim, significativa.

> Gostaríamos de citar o que escreve Ezequiel Theodoro da Silva, em "Literatura e Pedagogia: reflexão com relances de depoimento", sobre sua experiência escolar: "Ah! As aulas de história sim! O prof. Carmelo colocava-me na biblioteca da escola para fazer pesquisa. Quantos escritos produzi sob sua orientação. E esse professor gostava muito de música e pintura – pelas obras dos grandes compositores e pintores eu enxergava melhor o movimento da história. [...] Ah! As aulas de sociologia sim! O prof. Teófilo lançava mão da literatura brasileira a fim de elucidar e exemplificar princípios sociológicos, embarlhados integradamente com noções de política, filosofia e antropologia. Euclides da Cunha, Gilberto Freyre, Lima Barreto, Guimarães Rosa, Erico Veríssimo, José Lins do Rego, Graciliano Ramos. Tudo isso fluía gostosamente, servindo à compreensão crítica do homem brasileiro e da minha realidade. Mergulhos inesquecíveis no conhecimento. Prosperidade no repertório do leitor. [...] Apesar dos pesares e do peso morto das lacunas que poderiam ter sido melhor preenchidas, a escola me fez a diferença." (Silva, 2008: pp. 25-32)

* * *

Os educadores descobrem, em sua formação, que a aprendizagem efetiva e significativa depende de mecanismos internos, subjetivos, que necessitam para sua efetivação que estruturas cognitivas sejam desequilibradas e reequilibradas, como ensina Piaget (Miras e Onrubia, 1999), mas também que o sucesso do processo depende da apreensão do sentido e do significado do que está sendo ensinado. Isto acontece pela conjunção de um processo de *assimilação* (pelo qual o indivíduo integra às estruturas cognitivas preexistentes os fatos novos) e de *acomodação* (quando se dá a transformação dessas estruturas por reação às novas solicitações). Portanto, fica claro que o recurso de utilização de ferramentas de ensino que permitam a aproximação aos temas de estudo por meio de uma linguagem mais próxima do padrão das estruturas subjetivas dos educandos – como a da literatura – contém em si a possibilidade de facilitar o contato, a aproximação e a apreensão do objeto, porque houve, de alguma forma, identificação entre o sujeito cognoscente e o objeto a ser conhecido, para usar conhecidas expressões freireanas.

O ensino de História e o ensino de Geografia, assim como o da Língua, tal como vêm ainda sendo geralmente praticados, fundam-se na perspectiva memorizadora, fugindo ao propósito de formação da personalidade humana. O que queremos dizer com isso é que o legado da humanidade deve servir de parâmetro para que os educandos operem por verossimilhança, absorvendo da ciência da História, da ciência da Geografia e das Letras aquilo que lhe servirá à construção do significado do seu presente histórico, de seu espaço vivido e de sua cultura.

Considerando o caráter de fornecedor de lições da ciência, só uma aprendizagem significativa, nos termos que César Coll propõe, é que terá relevância para o educando. Conforme Coll (1994, p. 149), construímos significados cada vez que somos capazes de estabelecer relações "substantivas e não-arbitrárias" entre o que aprendemos e o que já conhecemos. Assim, a maior ou menor riqueza de significados que atribuiremos ao material de aprendizagem dependerá da maior ou menor riqueza e complexidade das relações que formos capazes de estabelecer. O autor cita o exemplo da observação da fauna e da flora de uma região qualquer, que dará lugar à construção de significados distintos no caso de um aluno que não possui conhecimentos prévios de Biologia ou no caso de um aluno que possui algum tipo de conhecimento deste tipo. Esse último pode estabelecer múltiplas relações de semelhança e de contraste, ou no caso de um aluno que, além disso, pode relacionar o observado às atividades econômicas, às formas de hábitat e aos costumes dos habitantes da região. Enfim, para Coll, os alunos atribuem significados ao que observam, mas estes significados têm amplitude e riqueza distintos.

Por outro lado, como já lembramos acima, é fato fundamental e óbvio, conquanto não necessariamente levado às suas melhores implicações, que o processo de ensino-aprendizagem fundamenta-se na utilização da linguagem, que é uma das formas de apreensão do real (Proença, 2005, p. 16 e ss.), e também do compartilhamento dessa apreensão. O ensino implica processos de comunicação, de dimensão social, pelo uso de um discurso que pretende tornar comum a outros certos conhecimentos sobre o mundo, ou indicar os caminhos para que tais conhecimentos sejam elaborados. Como qualquer outro processo de comunicação, o ensino envolve o contato (físico e psicológico) entre um remetente que envia uma mensagem, num código apropriado, a um destinatário, que atribui significado à mesma (a compreende), em função da existência de certo contexto extra-verbal (uma situação) efetivamente existente antes e depois do ato da comunicação.

Como fato cultural, a literatura acompanha o desenvolvimento da cultura de que é parte integrante, valendo-se da língua e revelando dimensões culturais, portanto societárias. Como forma de linguagem e objeto estético (ou seja, como arte), é um dos meios de que se vale o homem para conhecer a realidade e representá-la. Conforme escreve Domício Proença (2005), na literatura o autor retira do mundo elementos que, convenientemente organizados, podem representar totalidades e constituir uma afirmação de força e coesão incomum. Sendo uma forma de linguagem que tem uma língua como suporte, e veiculando uma forma específica de comunicação (um uso especial do discurso) a serviço de uma criação reveladora da essência, isto é, *mimética*, do real. Ela faz isso quando, ao tratar dos fatos ou situações usuais, dimensiona-lhes elementos universais, procurando uma apreensão profunda do homem e do mundo (Proença, 2005, p. 28 e ss.).

Michael Shepherd (1987, p. 9) propõe um exemplo concreto: médicos e psiquiatras podem se beneficiar profissionalmente de uma certa familiaridade com o mundo da ficção, pois há personagens que ilustram estados mentais patológicos encontrados na prática clínica. E cita Balzac: "O domínio do romance é a história do comportamento social do homem, a natureza da percepção humana de si mesmo e a personificação de ideias".

Nesse sentido, Regina Zilberman (2008, p. 23) lembra que a experiência da leitura decorre das propriedades da literatura enquanto forma de expressão que utiliza a linguagem verbal, e assim se vale da capacidade desta de "construir um mundo coerente e compreensível, logo, racional". Dessa forma, ocorre uma conciliação entre a *racionalidade da linguagem* (representada em sua estrutura gramatical) e a invenção e fantasia nascidas na intimidade do indivíduo escritor. Em decorrência, para Zilberman, o texto literário "pode lidar com a ficção mais exacerbada, sem perder o contato com a realidade, pois precisa condicionar a imaginação à ordem sintática da língua. Por isso, a literatura não deixa de ser realista, documentando seu tempo de modo lúcido e crítico; mas mostra-se sempre original, não esgotando as possibilidades de criar, pois o imaginário empurra o artista à geração de formas e expressões inusitadas".

Ou seja, no texto literário a representação das realidades físicas, sociais e emocionais é mediatizada pelas palavras da língua na configuração de um *objeto estético*, que repercute em nós na medida em que revela emoções profundas que coincidam com aquelas nossas mesmas, de seres sociais, conforme considera Proença. É nesse sentido, conforme o autor citado, que *a linguagem literária é eminentemente conotativa* – e o caráter conotativo das palavras corresponde a elementos de sentido referentes às funções emotivas, referentes a um dado universo cultural. Portanto, a conotação se diversifica em função do universo cultural dos falantes e prende-se, portanto, às diferenças de camadas socioculturais e ao processo de desenvolvimento da cultura. Conclui Proença, assim, que a literatura, apoiada num sistema de signos linguísticos que representa o mundo e revela dimensões profundas do mesmo, traduz o grau de cultura de uma sociedade.

Lembra ainda Zilberman que a literatura provoca no leitor um efeito duplo: ao mesmo tempo que aciona sua fantasia, suscita um posicionamento intelectual. Nesse sentido, a leitura do texto literário constituiria uma atividade sintetizadora, pela qual o indivíduo penetra o âmbito da alteridade sem perder de vista sua subjetividade e história, ou seja, em que o leitor expande o que lhe é conhecido, absorvendo-o por meio da imaginação mas decifrando-o pela ação do intelecto, e isto sem perder de vista suas próprias dimensões. Para a autora citada, por mais que o texto literário introduza o leitor num universo distanciado de seu cotidiano, leva-o ao mesmo tempo a refletir sobre sua rotina e a incorporar novas experiências.

No mesmo sentido, argumenta Ezequiel Silva que "o percurso do leitor, em si só e por si mesmo, é pedagógico" (2008, p. 23), uma vez que a interação leitor-literatura produz elementos de conhecimentos associados aos elementos ficcionais. Já na opinião de Zilberman, indo além do plano pessoal, o "consumo" do texto, em si, revela um outro ângulo educativo da literatura, qual seja a indução de práticas socializantes, de caráter democrático e igualitário. Para a autora citada, os efeitos assim desencadeados pela leitura alcançam um ângulo social, pois o leitor tende a socializar sua experiência, cotejando suas conclusões e discutindo suas preferências. A leitura, dessa forma, estimula o diálogo, a troca de experiências e a confrontação de gostos.

O fundamento de nossa proposta, portanto, refere-se à conjunção, na literatura, dos ângulos subjetivo e objetivo da apreensão do real, expresso nas funções referencial (denotativa) e apelativa (conotativa) da linguagem como realizadoras de significado. Pela primeira, nos referimos às coisas do mundo (conteúdos), representando-as. Pela segunda, predominante no discurso literário, se exerce influência sobre o interlocutor, como manifestação psíquica de *apelo*, por meio do qual o leitor reconhece o texto e apropria-se dele, incorporando-o às suas próprias reflexões como constitutivo de sua própria experiência de vida.

O que dizem os Parâmetros Curriculares Nacionais

Os *Parâmetros Curriculares do Ensino Fundamental* (da 5ª à 8ª série) (Brasil, 1998b), em seu volume de introdução, ao tratarem dos conteúdos do ensino, consideram que estes são "meios para que os alunos desenvolvam as capacidades que lhes permitem produzir bens culturais, sociais e econômicos e deles usufruir" (p. 74). Nessa perspectiva, os conteúdos e o tratamento dado a eles são entendidos como centrais para a realização dos propósitos da escola.

No entanto, os Parâmetros reconhecem que a organização dos conteúdos tem sido marcada, no ensino brasileiro, pela "linearidade e segmentação dos assuntos". Em contraposição à negatividade de tal modelo linear de organização curricular, baseado no "acúmulo" de conhecimento, é colocada a concepção da aprendizagem significativa, na qual a compreensão é entendida como apreensão de significado, para o que é necessária a visão da relação dos conteúdos abordados com outros conteúdos.

Para tanto, é preciso que os conteúdos formem uma rede de significados. E, sendo assim, o aprendizado é comparado ao tecer de uma teia, e o desenho curricular adequado a tal confecção implica a pluralidade de ramificações e caminhos livres de privilégios ou subordinações unilaterais. Nesse sentido, como vimos, por sua própria natureza a literatura presta-se como recurso didático privilegiado para a implementação de tal proposta.

1. Geografia

Os *Parâmetros Curriculares Nacionais do Ensino Fundamental* (da 1ª à 4ª série) (Brasil, 2000) já fazem menção à busca do trabalho interdisciplinar, pela Geografia, para o estudo de categorias como os lugares, paisagens e territórios, lançando mão, para tanto, de fontes de informação diversificadas. Ressalta-se, aí, a "redescoberta" da relação da Geografia com a Literatura, "proporcionando um trabalho que provoca interesse e curiosidade sobre a leitura do espaço e da paisagem" (p. 117). Sendo assim, seria possível, conforme os PCNs, aprender Geografia já desde os primeiros ciclos do Ensino fundamental pela leitura de autores brasileiros consagrados, como Jorge Amado, Érico Veríssimo, Graciliano Ramos e Guimarães Rosa, cujas obras "retratam diferentes paisagens do Brasil em seus aspectos sociais, culturais e naturais" (p. 117).

No entanto, cabe lembrar aqui que o romance não se encontra entre os gêneros discursivos recomendados pelos Parâmetros de Língua Portuguesa (Brasil, 2000) como adequados para o trabalho com a linguagem escrita nos dois primeiros ciclos.

Reafirmando o que já havia sido posto anteriormente, os *Parâmetros Curriculares Nacionais do Ensino Fundamental* (da 5ª à 8ª série), no volume sobre Geografia (Brasil, 1998a), ressaltam que esta, ao pretender o estudo de categorias como a paisagem, o território, o lugar e a região, deve lançar mão, interdisciplinarmente, de fontes de informação como obras de autores brasileiros consagrados (citam-se aqui novamente Jorge Amado, Érico Veríssimo, Graciliano Ramos e Guimarães Rosa) pelo mesmo motivo de retratarem diferentes paisagens em seus aspectos sociais, culturais e naturais. Ocorre que, aqui, nos dois últimos ciclos do ensino fundamental, a oportunidade de utilização do gênero discursivo do romance como ferramenta didática já corresponde mais adequadamente com os objetivos do ensino da Língua Portuguesa no Ensino Médio, dentre os quais se destaca o desenvolvimento de competências e habilidades relativas a "recuperar, pelo estudo do texto literário, as formas instituídas de construção do imaginário coletivo, o patrimônio representativo da cultura e as classificações preservadas e divulgadas, no eixo temporal e espacial" (Brasil, 1999b, p. 47). Tal correlação, a nosso ver, se encontrará potencialmente bem mais amadurecida no Ensino Médio, em que se enfatiza, como veremos adiante, a abordagem unificada dos trabalhos de leitura, gramática e história da literatura.

Ressaltam ainda os *Parâmetros* a oportunidade dessa abordagem como ferramenta de trabalho, com o tema transversal da pluralidade cultural, de maneira a valorizar o saber geográfico construído não somente no meio acadêmico, mas realizado, de formas diferenciadas, por vezes intuitivas, em contextos culturais diversos, como ocorre nas leituras de paisagens encontradas na literatura regional, como no já citado Guimarães Rosa, em João Cabral de Melo Neto e outros.

Os *Parâmetros Curriculares Nacionais do Ensino Médio*, por sua vez, no volume sobre Ciências Humanas e suas Tecnologias (Brasil, 1999a), comentam que o papel da Geografia, no ensino fundamental, é a "alfabetização espacial" (entendimento das diversas escalas e configurações do espaço e manipulação das noções de paisagem, natureza, espaço, Estado e sociedade), enquanto que, no nível Médio, o foco recai sobre a construção de competências que permitam a análise do real, "revelando as causas e efeitos, a intensidade, a heterogeneidade e o contexto espacial dos fenômenos que configuram cada sociedade".

Nesse contexto, os *Parâmetros* reconhecem o caráter enriquecedor das abordagens interdisciplinares de conceitos como natureza e sociedade, a serem reconstruídos mediante uma visão de conjunto para a realização da qual deve contribuir a Geografia, rompendo com a "fragmentação factual e descontextualizada". Ressalta-se que a própria construção do conhecimento geográfico resultaria de um trabalho coletivo, envolvendo conhecimentos de outras áreas.

No que diz respeito à questão "o que e como ensinar", ou seja, da seleção de conteúdos e das estratégias didáticas, os *Parâmetros* destacam a necessidade de escolha de um corpo conceitual e metodológico adequado aos objetivos propostos, o que implica o trabalho com conceitos-chave utilizados como instrumentos capazes de propiciar uma análise científica do espaço. São destacados os conceitos de paisagem, lugar, território e territoriedade e escala, bem como os temas da globalização, técnica e redes.

> O conceito de paisagem é entendido pelos Parâmetros como unidade visível do arranjo espacial alcançado pelo olhar. O lugar é conceituado como espaço vivido, ou porção do espaço que pode ser apropriado para a vida, que é reconhecido e cria identidade. O território é entendido como espaço definido e delimitado por e a partir de relações de poder, domínio ou influência. O conceito de escala geográfica refere-se à articulação de dimensões espaciais (locais, nacionais, global) como ferramenta de apreensão da realidade ao mesmo tempo fenomênica e dimensional.

2. História

Os *Parâmetros Curriculares Nacionais do Ensino Médio* (Brasil, 1999a, p. 45 e ss), no que tange ao ensino de História, ressaltam que, nesse nível, na transposição do conhecimento é de fundamental importância o desenvolvimento de competências ligadas à leitura, análise, contextualização e interpretação das *diversas fontes e testemunhos das épocas passadas e do presente*. Nesse exercício, deve-se levar em conta os diferentes agentes sociais envolvidos na produção dos testemunhos, as motivações explícitas ou implícitas nessa produção e a especificidade das diferentes linguagens e suportes através dos quais se expressam. Abrir-se-ia aí, portanto, um "campo fértil às relações interdisciplinares, articulando os conhecimentos de História com aqueles referentes à Língua Portuguesa, à Literatura, à Música e a todas as artes, em geral".

Para os PCNs, a aprendizagem da História teria como função básica propiciar ao jovem a capacidade de "situar-se na sociedade contemporânea para melhor compreendê-la" e, como decorrência disso, a possibilidade de desenvolvimento da "capacidade de apreensão do tempo enquanto conjunto de vivências humanas", em seu sentido completo. Nesse sentido, compreende-se o conceito de tempo histórico a partir do fundamento do tempo cronológico institucionalizado ("que possibilita referenciar o lugar dos momentos históricos em seu processo de sucessão e em sua simultaneidade") mas, fugindo à cronologia linear, procura-se identificar também os "diferentes níveis e ritmos de durações temporais".

O conceito de duração tem, na concepção proposta pelos Parâmetros (Brasil, 1999a, p. 48), papel fundamental no ensino de História: "a duração torna-se, nesse nível de ensino e nas faixas etárias por ele abarcadas, a forma mais consubstanciada de apreensão do tempo histórico, ao possibilitar que alunos estabeleçam as relações entre continuidades e descontinuidades. A concepção de duração possibilita compreender o sentido das revoluções como momentos de mudanças irreversíveis na história e favorece ainda que o aluno apreenda, de forma dialética, as relações entre presente-passado-presente, necessárias à compreensão das problemáticas contemporâneas, e entre presente-passado-futuro, que permitem criar projeções e utopias".

Os *Parâmetros* afirmam ainda que *ritmos da duração* (no sentido dado por Fernand Braudel) permitem identificar a velocidade das mudanças, e os acontecimentos relacionam-se a várias temporalidades: a *curta duração* (os acontecimentos breves, com "data e lugar determinados"); a *média duração*, no decorrer da qual se dão as conjunturas (tendências políticas ou econômicas); estas que, por sua vez, se inserem em processos de *longa duração*, em que permanências e mudanças parecem imperceptíveis: "é o ritmo das estruturas, tais como a constituição de amplos sistemas produtivos e de relações de trabalho, as formas de organização familiar e dos sistemas religiosos, a constituição de percepções e relações ecológicas estabelecidas na relação entre o homem e a natureza." (p. 50-51)

3. Critério de seleção de conteúdos

Conforme os *Parâmetros*, conteúdos significativos para a atual geração podem ser identificados e selecionados tomando-se como referência problemas contemporâneos, que envolvem a constituição da cidadania. Tal tarefa é vista como fundamental na atuação docente, "uma vez que se constata a evidência de que é impossível ensinar 'toda a história da humanidade', exigindo a escolha de temas que possa responder às problemáticas contundentes vividas pela nossa sociedade". Por outro lado, a organização dos conteúdos por temas requereria cuidados metodológicos específicos: "o estudo de temas articulado à apropriação de conceitos ocorre por intermédio de métodos oriundos das investigações históricas, desenvolvendo a capacidade de extrair informações de diversas fontes documentais, tais como textos escritos, iconográficos, musicais." (p. 52-53)

Dessa maneira, afirmam os PCNs do Ensino Médio categoricamente: "*trabalhar com temas variados em épocas diversas, de forma comparada e a partir de diferentes fontes e linguagens, constitui uma escolha pedagógica que pode contribuir de forma significativa para que os educandos desenvolvam competências e habilidades que lhes permitam apreender as várias durações temporais nas quais os diferentes sujeitos sociais desenvolvem suas ações, condição básica para que sejam identificadas as semelhanças, diferenças, mudanças e permanências existentes no processo histórico*" (p. 53; grifo nosso).

É o que se propõe pôr em prática neste livro, por meio da literatura: ela permite a seleção de temas de épocas diferentes, põe em evidência atores sociais, destaca questões significativas para as pessoas e potencializa, portanto, a atuação docente criativa e a aprendizagem significativa.

4. Língua Portuguesa

Os *Parâmetros Curriculares Nacionais do terceiro e quarto ciclos do Ensino Fundamental* (Brasil, 1998b) ressaltam como tarefa fundamental da área de Língua Portuguesa dar ao aluno condições de ampliar o domínio da língua e da linguagem, desenvolvendo seus conhecimentos discursivos e refletindo sobre os fenômenos da linguagem. Nesse sentido, o *texto* (oral ou escrito), em sua diversidade social, é tomado como *unidade básica de trabalho*, e propõe-se que as atividades didáticas sejam planejadas para tornar possível a análise crítica dos discursos.

Já o ponto central da proposta dos *Parâmetros Curriculares Nacionais do Ensino Médio* (1999b), no que se refere ao ensino da Língua Portuguesa, é a crítica à dicotomização entre língua e literatura, refletida nos currículos e livros didáticos na separação, e frequente dissociação, entre gramática, estudos literários e redação e, ainda, na existência de professores "especialistas" em cada um desses assuntos.

O que se conclui da visão dos PCNs é que tal separação é perversa: a gramática ensinada isoladamente torna-se uma "camisa de força incompreensível"; os estudos literários não correlacionam adequadamente a história da literatura com os textos analisados. Para os PCNs, deveria haver um exercício de desenvolvimento de um saber linguístico amplo, com base na comunicação (entendida como "processo de construção de significados em que o sujeito interage socialmente, usando a língua como instrumento que o define como pessoa entre pessoas"; p. 35), e no qual a língua situa-se no "emaranhado das relações humanas" do contexto social vivido, em que o aluno está mergulhado.

Este objetivo, no entendimento dos PCNs, exige um tratamento transdisciplinar no currículo, bem como pressupõe o entendimento da linguagem verbal como uma construção histórica de um sistema linguístico e comunicativo em um contexto sociocultural determinado. É destacada, assim, a natureza social e interativa de língua, em oposição às concepções tradicionais deslocadas do uso social: o ensino, assim, deve privilegiar o desenvolvimento e sistematização da linguagem, e o estudo da gramática passa a ser uma estratégia para a compreensão, interpretação e produção de textos, e a literatura integra-se à leitura. Nesse sentido, o texto adquire papel protagonista nos procedimentos de estudo: único como enunciado, deve ser também objeto único de análise e síntese, conquanto entendido como múltiplo em termos de possibilidades de atribuição de significados.

Nesse sentido, aos conhecimentos da ciências humanas é atribuído pelos PCNs um papel mediador na compreensão dos discursos, ao relacioná-los com contextos socio-históricos, ideologias etc., bem como pensá-los em sua intertextualidade, revelando a diversidade do pensamento humano. Fundamenta-se aí, para os *Parâmetros*, a interdisciplinaridade.

Propostas práticas

1. Estruturação dos módulos didáticos

A presente proposta didática tem como base *módulos de ensino independentes* que podem ser trabalhados, cada um ou em conjuntos diversos, como *projetos de ensino interdisciplinares* e que podem ser incluídos na programação do projeto pedagógico institucional. Cada módulo tem uma estrutura flexível, que permite o desenvolvimento do projeto no tempo que for adequado e de acordo com as possibilidades de articulação entre os docentes dos campos do conhecimento envolvidos (ou seja, das disciplinas, como ocorre nas formas ainda mais comuns de estruturação do currículo).

A base de cada módulo é um texto ou conjunto de textos (capítulos ou excertos de capítulos) de uma obra literária em língua portuguesa e de domínio público, escolhida em função de suas qualidades referentes à articulação de conhecimentos de natureza histórica e geográfica. O primeiro passo do trabalho refere-se à contextualização do autor e da obra em referência a seu espaço-tempo (suas circunstâncias histórico-geográficas) e sua inserção cultural (no movimento intelectual da época). A seguir, discute-se a relevância do tema para a atualidade. Tais informações têm o objetivo de subsidiar o professor para a construção da criticidade necessária ao uso de qualquer fonte ou ferramenta de ensino. Esta discussão é complementada com a adequação do tema às séries, ciclos ou níveis de ensino (tomando por base as referências fornecidas pelos PCNs) e, por fim, deixam-se claros os objetivos de ensino gerais do módulo.

O próximo passo é a apresentação do *texto-base*, a partir do qual se propõe uma *sequência didática* concretizada em planos de aula referentes aos conhecimentos de Língua Portuguesa, Geografia e História. Tal separação é meramente de ordem funcional: visa propiciar, ao conjunto dos professores envolvidos (e considerando uma estrutura curricular dividida em disciplinas), a possibilidade de combinação da melhor estratégia de implementação da proposta em face das condições específicas de cada escola.

Enfim, esta proposta é uma sugestão e, essencialmente, um método. São diversos os aspectos temáticos que poderiam ter sido e não foram enfocados, a partir dos textos selecionados ou do conjunto das obras escolhidas. Muitas outras aulas podem ser desenvolvidas, desdobrando-se criativamente os aspectos inicialmente propostos ou inserindo-se novas abordagens. Da mesma forma, as estratégias didáticas e o aprofundamento dos conteúdos podem e devem ser adaptados, pelos professores, às realidades específicas de cada escola e sala de aula.

1.1 Estrutura dos módulos

a) O autor e a obra

Neste item são apresentadas, sinteticamente, informações julgadas relevantes acerca da trajetória de vida e das concepções de homem e mundo do autor, sua inserção – ou não – em algum estilo de época e as características fundamentais de seu estilo literário. Isto é feito com base em referências clássicas da história da literatura brasileira e portuguesa e da teoria e crítica literárias.

É apresentada, em sequência, uma visão de conjunto da temática abordada na obra, propiciando que professores e alunos, mesmo que não tendo tido ainda a oportunidade de lê-la integralmente (o que é altamente interessante), possam compreendê-la e contextualizar os trechos trabalhados. Isto é possível porque os textos selecionados fazem sentido por si. Todavia, a leitura fragmentada continua sendo um "mal menor", e recomenda-se que, ao adotar-se a presente proposta, inclua-se no planejamento pedagógico a leitura das obras selecionadas. Todas elas podem ser acessadas, sem custo, por meio da internet, por exemplo na página Domínio Público (www.dominiopublico.gov.br), criada pelo governo federal.

b) O tema e sua atualidade

Os temas selecionados permitem, todos eles, reflexões acerca de diversos aspectos da sociedade, da cultura, do homem e, enfim, do mundo contemporâneo. Isto porque se referem a problemas que continuam a nos afligir, a questões que ainda não foram resolvidas ou, ainda, a temas que, por sua natureza, refletem preocupações fundamentais inerentes ao ser humano.

Fernand Braudel (2004, p. 17 e ss.) aponta três caminhos para o trabalho de compreensão da atualidade, no âmbito do ensino: por um lado, a análise dos grandes problemas de hoje, em escala global (políticos, sociais, econômicos, culturais, técnicos, científicos etc.); no entanto, tais dias que vivemos explicam-se, em parte, pelos dias que os precederam imediatamente, ou seja, o passado relativamente próximo; por fim, considera Braudel que, em graus diversos, a atualidade também prolonga experiências muito afastadas no tempo: "ela se nutre de séculos transcorridos, e mesmo de toda a evolução histórica vivida pela humanidade até nossos dias". Nossa atualidade, nesse sentido, é uma herança. E a literatura configura uma referência fundamental da memória desse legado.

Escreve Barraclough (1966, p. 21) que a história contemporânea começa no momento em que as questões que nos afligem hoje têm sua origem, "quando os problemas que são reais no mundo atual tomaram, pela primeira vez, uma forma visível". No caso das obras e temas que selecionamos para servirem de base para os módulos didáticos, temos exemplos concretos disso: as contradições do processo de expansão capitalista (a "globalização") e suas repercussões nos modos de vida, no mundo das ideias e na acentuação das desigualdades, como veremos pela análise d'*A Cidade e as Serras*, de Eça de Queirós. A questão nunca resolvida da "seca" no semiárido nordestino, discutida a partir do estudo d'*Os Sertões*, de Euclides da Cunha. E, por fim, o pensamento ecológico e as particularidades paisagísticas, bem como o modo de vida de populações tradicionais e a questão da diversidade cultural, temas valorizados e resgatados hoje pela educação ambiental e pela conscientização da sociedade no que diz respeito ao valor dos patrimônios culturais e naturais, que discutimos com Taunay em *Inocência*.

c) Adequação para o ensino

Os temas propostos prestam-se ao trabalho nos últimos ciclos do ensino fundamental e, particularmente, no ensino médio, quando o estudante já atingiu um estágio de desenvolvimento cognitivo que lhe permite abstrações e construção de hipóteses, capacidades interessantes para potencializar o trabalho realizado a partir das obras literárias. No entanto, mesmo no Fundamental II, a flexibilidade da proposta permite a atuação decisiva do professor no sentido de trabalhar *até onde for interessante* o aprofundamento dos conteúdos, de acordo, como nos referimos acima, com as condições particulares das classes.

Uma outra aplicação desta obra diz respeito às práticas de ensino dos cursos superiores de licenciatura em História, Geografia e Letras, uma vez que se presta ao desenvolvimento de experiências de simetria invertida, qual seja a efetivação de situações de aprendizagem análogas às que o graduando encontrará quando de sua própria atuação docente.

Seja como for, em cada módulo didático proposto é referida, em caráter orientativo, a relação entre o tema enfocado e as propostas dos Parâmetros Curriculares Nacionais.

d) Objetivos gerais do módulo

Em função das características e qualidades dos textos literários selecionados, bem como da relação dos temas abordados com as propostas dos Parâmetros

Curriculares Nacionais, são definidos objetivos básicos que devem ser concretizados pela sequência integrada de atividades desenvolvidas, e cada aula terá seus objetivos específicos definidos.

e) Texto-base

São transcritos trechos das obras selecionadas, a partir dos quais os alunos e professores trabalharão os temas propostos, ou ainda outros que se julgarem convenientes. Como citado anteriormente, os textos fazem sentido por si, mas recomenda-se que a leitura total das obras seja prevista na programação pedagógica.

f) Sequência didática

O primeiro passo para a efetivação do trabalho didático com o uso da obra literária escolhida é a leitura e compreensão do texto em si, da articulação lógica das ideias, do significado das expressões e do sentido geral da proposta do autor. Isto propicia o exercício de construção ou reconstrução de texto, mas sem ainda aprofundamento nos conteúdos, conceitos e significados técnico-científicos envolvidos. Para tanto, propõe-se que a abordagem primeira se dê no âmbito da Língua Portuguesa, o que abrirá caminho para o trabalho temático das áreas de História e Geografia.

Tal trabalho proposto é organizado, portanto, em planos de aula referentes a aspectos de Língua Portuguesa, História e Geografia. Cada plano refere-se a um tema ou conjunto restrito de temas associados, e não implica nenhuma restrição de tempo em seu desenvolvimento, mas sim uma continuidade didática de trabalho com certos conteúdos. Pelo contrário, cada "aula" pode ser desenvolvida no tempo de quantas horas-aula forem necessárias, de acordo com as particularidades pedagógicas de cada situação de ensino.

As lições, como já advertimos, foram classificadas em Conhecimentos de Língua Portuguesa, Conhecimentos Históricos e Conhecimentos Geográficos meramente com o objetivo de facilitar a adaptação desta proposta a currículos organizados em disciplinas. Nada impede, aliás recomenda-se mesmo que as lições de História e Geografia (entendidas como conhecimento *geohistórico*) sejam trabalhadas conjuntamente pelos professores dessas áreas. Eventualmente, em momentos específicos, podem ser propostas *aulas transversais*, considerando um trabalho diferenciado com temas especiais que permeiem e perpassem os conteúdos abordados no módulo.

Deve ser lembrado, no entanto, que é essencial aos professores compreender, antes de mais nada, como se expressam a *historicidade* e a *geograficidade* dos textos trabalhados, uma vez que é justamente aí que se encontram os fundamentos que permitem sua utilização como ferramentas didáticas. É altamente recomendável, portanto, um trabalho prévio dos professores envolvidos no projeto no sentido da discussão dos textos selecionados e de suas possibilidades.

Sintetiza-se pelos conceitos de *historicidade* e *geograficidade*, no âmbito desta obra, a concepção de que a articulação das categorias de espaço e tempo é fundamental (no sentido mesmo de fornecer as bases) para o entendimento de como as sociedades humanas, em seu desenvolvimento civilizatório, constroem seus modos de ser, suas culturas, suas mentalidades coletivas, suas economias, sua organização social e política etc. Buscar a *geograficidade e a historicidade*, portanto, significa apreender as circunstâncias espaço-temporais da existência humana.

Por outro lado, nas lições de língua portuguesa pode-se verificar que não foram isolados conteúdos de gramática. Parte-se do princípio, indicado pelos PCNs, de que o estudo dos aspectos gramaticais é propiciado pelas atividades de leitura, compreensão e produção textual, e que todas as oportunidades de trabalhar-se a gramática (fonética, ortografia, semântica, morfologia, sintaxe, estilística) devem ser aproveitadas pelo professor, sejam situações de aula, trabalhos coletivos ou atividades de avaliação, em função principalmente da verificação de dificuldades ou de usos incorretos da língua em sua norma padrão. Recomenda-se, então, que dentre o "equipamento básico" de uso cotidiano do estudante esteja um dicionário e uma gramática.

Estrutura dos Planos de Aula (Lições)

Sabemos que, na prática, por mais que uma aula seja detalhadamente planejada, é a dinâmica própria da sala de aula, fortemente dependente do trabalho espontâneo dos alunos, que definirá o desenrolar do trabalho. Todavia, um plano bem estruturado é essencial como método, ou seja, caminho para se atingir um objetivo. Permite ao professor, flexivelmente, o controle da situação, adaptando-o conforme a necessidade, e evitando as improvisações, estas, sim, que podem constituir fontes de imprecisão e perda de tempo para o professor e nervosismo para os alunos (Mérenne-Schoumaker, 1999, p. 185).

Objetivos específicos da aula

São definidas as habilidades ou capacidades a serem desenvolvidas a partir de propostas de trabalho didático centradas em aspectos temáticos definidos (o assunto da lição) inspirados no texto literário. Podem ser privilegiados tanto objetivos de aquisição de conhecimento como objetivos relacionados ao saber-fazer.

Sequência de conteúdos

Indicam-se os aspectos temáticos fundamentais, de História, Geografia ou Língua Portuguesa, a serem trabalhados a partir do texto-base. Cada lição limita-se, propositalmente, a uma grande ideia (tema central) que articula uma pequena quantidade de noções fundamentais, bem como a um rol restrito de habilidades a serem trabalhadas.

Orientação aos professores

São apresentados conteúdos explicativos especializados, de caráter técnico-científico, destinados a fornecer subsídios para o trabalho dos próprios professores em relação aos conteúdos tratados. Trata-se, é claro, apenas de sugestões que têm origem nas experiências pessoais e referenciais teóricos dos autores desta obra, e que não guardam nenhuma pretensão senão colaborar para o aprofundamento dos debates que podem ser propiciados nas situações didáticas trabalhadas.

Orientações didáticas (metodologia de ensino)

É sugerida em cada lição uma sequência específica de procedimentos que indica o papel dos alunos e professores na construção de conceitos a partir dos referenciais obtidos no texto-base. No entanto, cabe aqui salientar algumas orientações fundamentais de caráter geral:

Tudo começa com a motivação do interesse dos alunos, isto é, conseguir que os assuntos lhes digam respeito e que desejem aprender, trabalhar em conjunto e avançar (Mérenne-Schoumaker, 1999, p. 160).

É fundamental lembrar que uma apresentação prévia acerca dos próprios objetivos didáticos do trabalho que será realizado é essencial: deve-se explicar ao aluno a razão de se estudar o texto proposto, bem como que conteúdos serão discutidos e de que forma. É importante, nesse momento, também deixar claro ao aluno qual será seu papel nas atividades desenvolvidas.

A verificação dos conhecimentos prévios dos alunos, por sua vez, é um requisito para a definição de um *nível de formulação* adequado ao aprendizado, ou seja, que corresponda ao *nível de assimilação* dos alunos, este que está relacionado à aquisição e construção prévia de conceitos (quadros de referência conceituais) e estruturas de raciocínio. Esta investigação permite, além de se saber o que o aluno já sabe, a identificação de *obstáculos às aprendizagens*, ou *obstáculos pedagógicos* (Mérenne-Schoumaker, 1999, p. 47-48), que consistem em níveis de formulação incertos e confusos, representações errôneas ou quadros de referência inadaptados, com o intuito de ultrapassá-los.

No entanto, a necessária preocupação com a motivação dos alunos não deve se restringir a partir de suas questões e conhecimentos prévios (o que é fundamental para o processo cognitivo de assimilação), mas também implica provocar interrogações, confrontando-os com um problema associado aos obstáculos pedagógicos detectados. Isto equivale, se aplicarmos aqui um ponto de vista psicanalítico, à proposição de uma *situação angustiante* que incentive o *desejo de saber* por parte do educando.

Também se deve ter em conta que a preparação do trabalho necessita reflexão, por meio da qual pensamos no tema e na proposta didática, correlacionando-os com a realidade de nossa escola e turma, bem como munindo-nos dos documentos e materiais didáticos necessários à sua efetivação.

> **Avaliação**
>
> A avaliação é entendida, nesta proposta, fundamentalmente como momentos continuados do processo de ensino-aprendizagem, que têm, em primeiro lugar, um papel mediador, qual seja de propiciar parâmetros de verificação sobre o andamento do processo e, portanto, das suas necessidades de aperfeiçoamento, e não simplesmente de verificação de níveis de assimilação (e de forma alguma de capacidade de reprodução de conteúdos).
>
> No que diz respeito especificamente à aprendizagem, partimos da concepção de que só há aprendizagem efetiva se o aluno for capaz de mobilizar os conceitos apreendidos ou construídos e aplicá-los em contextos diferenciados. Privilegiam-se, portanto, atividades avaliativas que possibilitem a mobilização desses conceitos, a fim de utilizá-los na análise de situações ou ideias diferenciadas e, portanto, possibilitando a verificação do desenvolvimento de habilidades ou competências específicas, relacionadas aos objetivos educacionais propostos. Nesse sentido, os exercícios de comparação e de aplicação de conceitos à análise e valoração de situações práticas são vistos como particularmente interessantes.
>
> Deve ser ressaltado que a posição da avaliação, na estruturação proposta dos planos de aula, não significa que deva corresponder a um "momento final" restrito, e muito menos "definitivo". Ao contrário, deve ficar claro aos professores envolvidos – e aos alunos, por meio destes – o seu caráter processual e formador, o que implica que, conquanto sejam planejados momentos de sentido avaliativo privilegiado, a avaliação deve estar ocorrendo *o tempo todo*.

g) Trabalho final interdisciplinar

Ao final do desenvolvimento das aulas, propõe-se um trabalho interdisciplinar, envolvendo a Língua Portuguesa, Geografia e História, com ênfase na questão da atualidade do tema trabalhado. Ou seja, os alunos serão instados a se valer das reflexões efetuadas ao longo do módulo para analisar uma situação contemporânea e posicionar-se criticamente em relação às questões levantadas a partir dela.

Módulo 1
Globalização, civilização, cidade e campo: a "Belle Époque" europeia e suas contradições em *A Cidade e as Serras*, de Eça de Queirós

1. O autor e a obra

O escritor oitocentista José Maria Eça de Queirós (1845-1900) é frequentemente apontado como representante mais destacado do realismo (naturalismo) português. Observam Garmes e Siqueira (2007, p. 43) que Eça foi, além de um grande retratista da realidade portuguesa do século XIX, "sobretudo um grande analista das consequências da internacionalização das formas de produção, quer no âmbito da luta de classes, quer no âmbito dos conflitos culturais". Os autores citados lembram que o contexto da segunda metade do século XIX marca-se pela expansão das ramificações das grandes empresas por todo o mundo, bem como pelo movimento operário ter adquirido uma dimensão também internacional, além de se constituir em um "momento privilegiado no processo de densificação das relações culturais internacionais", o que se dava graças aos novos meios de comunicação que implicavam maior facilidade de trânsito de pessoas e informações e de contato entre diferentes modos de vida.

A Cidade e as Serras é seu último romance, publicado postumamente, em 1901. Conforme Garmes e Siqueira, nessa obra a crítica de Eça à sociedade portuguesa "se estende para o mundo", tendo por base o fato de grande parte da elite tradicional e rica viver fora de Portugal (no caso do romance, em Paris), preocupada em cuidar dos próprios bens e não assumindo o papel que lhe caberia cumprir com respeito ao desenvolvimento da nação: "a elite portuguesa de base econômica feudal e de pensamento liberal usufrui das vantagens propiciadas por esse lugar ambíguo, discursando como um político liberal e agindo como um monarca absolutista" (2007, p. 46).

Enfim, *A Cidade e as Serras* foi escrito e refere-se a uma época particular. Como sintetiza Luiz Augusto Fischer, no final do século XIX "o que valia era a cidade, sua cultura, sua dinâmica, numa harmonia que transforma dominação em universalidade" (2007). Então, o Rio da Primeira República vivia um período que é chamado (hoje com ironia, mas na época com gosto) de *Belle Époque* (Época Bela), expressão francesa que se refere ao período anterior à I Guerra Mundial. Esta que, iniciada em 1914, levou "para o brejo mais hediondo" as "fantasias de civilização requintada, culta, delicada, artística". Conforme o autor citado, "não por acaso, este é justamente o quadro histórico em que um gênio da história humana, Sigmund Freud, bota o dedo na ferida e demonstra o que havia, há, de frágil e enganoso naquilo que parece chique, resistente e eterno" (Fischer, 2007). Observação que nos incentiva a comentar que, em *A Cidade e as Serras*, um dos temas tratados por Freud, a questão que este denominou de "mal-estar da civilização", já vem esboçado.

A crítica de Eça às contradições do seu tempo se afigura, hoje, quase premonitória. A trama de *A Cidade e as Serras*, embora contada a partir da perspectiva de um narrador (José Fernandes), tem como personagem central Jacinto, um misto de aristocrata e burguês português cuja família "emigrou" para Paris, em fins do século XIX, por motivos políticos. Ali vivia como *rentier*, extraindo seus rendimentos de suas propriedades agrícolas em Portugal e dos dividendos de seu capital aplicado em diversos negócios ao redor do mundo.

A princípio entusiasta das conquistas tecnológicas da Segunda Revolução Industrial, por exemplo em termos de "telecomunicações" e de "automação", que então propiciavam um novo padrão civilizatório (ao menos às classes abastadas da "metrópole cosmopolita" parisiense), Jacinto vai progressivamente se decepcionando com a futilidade, superficialidade e falta de sentido dessa "belle époque".

Conduzido por José Fernandes, passa a perceber racionalmente as contradições da época, que já percebia intuitivamente na forma de um "mal-estar", ou falta de sentido de vida diante da "civilização". A mudança decisiva vem quando, por força de circunstâncias, Jacinto vai a sua propriedade em Portugal, momento em que o cotejamento de sua vida "civilizada" com os elementos, características e valores da vida no campo (nas Serras) faz alterarem-se radicalmente suas concepções de mundo.

2. O tema e sua atualidade

Como vimos, o conjunto de conceitos referentes à globalização é destacado pelos *Parâmetros Curriculares do Ensino Médio em Geografia* como fundamental para a apreensão do espaço e de suas formas de organização, resultado da dinâmica de transformação das sociedades. Atualmente, produto dos avanços técnicos e do desenvolvimento econômico relacionados à "Terceira" Revolução Industrial, de caráter tecnológico-informacional, vivemos um período de "globalização". Porém, o que nem sempre se destaca é que processos análogos ocorreram, se bem que não na mesma escala e intensidade, mas de forma qualitativamente comparável, como decorrência dos progressos técnicos.

O contexto de *A Cidade e as Serras* é justamente referente à "Primeira Globalização", ocorrida em fins do século XIX. E a leitura da obra permitirá observar que grandes questões humanas que hoje se põem, como o papel da tecnologia na vida social e a desigualdade do acesso à riqueza e aos recursos da modernidade, já se expressavam de modo claro àquela época. Eça de Queirós aponta, ainda, para questões como o imperialismo e a especulação financeira internacional, a desigualdade socioeconômica inerente ao capitalismo e a ideologia de dominação, bem como o consumismo, a crise dos valores burgueses, enfim, elementos a que Sigmund Freud (1978) posteriormente se referiria como "o mal-estar da civilização". Num ponto de vista de certa forma comparável a Rousseau, ou talvez a Thoureau (1989), aponta a superioridade do modo de vida rural, próximo à natureza, em relação à modernidade civilizada, tese hoje abraçada por diversos integrantes do movimento ecológico.

3. Adequação para o ensino

A obra selecionada, ao permitir o trabalho com os temas da globalização, do desenvolvimento das comunicações, da Segunda Revolução Industrial, das desigualdades sociais, da urbanização, da expansão do capitalismo e do imperialismo econômico e, enfim, do mal-estar do indivíduo na civilização, permite o trabalho com praticamente todas as competências e habilidades sugeridas pelos PCNs do Ensino Médio, nos campos da História, da Geografia e da Língua Portuguesa.

No caso da História, destaca-se de início a capacidade de trabalho com fontes de natureza diversa e a produção de textos analíticos e interpretativos. Além disso, propicia-se o trabalho intenso com as concepções de tempo e de periodização e a construção de noções como continuidade, permanência, ruptura e transformação históricas, assim como, particularmente, discutir a questão do papel do indivíduo como sujeito nos processos históricos e da construção das identidades.

Em relação ao conhecimento geográfico, o que logo se assinala é a possibilidade de trabalho com as competências e habilidades relacionadas à leitura e à representação geográfica do mundo, e de forma especial no que diz respeito à capacidade de reconhecimento e investigação dessa *geograficidade* do real a partir de uma fonte em que ela se representa em uma linguagem "não geográfica" (no sentido científico restrito).

Por fim, permite-se o trabalho referente à contextualização sociocultural, também em perspectiva interdisciplinar, ou seja, de situar momentos históricos nos diversos ritmos de duração, comparando suas problemáticas com a atualidade e permitindo o posicionamento crítico dos estudantes ante elas.

4. Objetivos gerais do módulo

Esse módulo desdobra-se em unidades didáticas fundamentadas em seis textos-base, cada qual enfocando temas diferenciados, a partir dos quais se articulam conjuntos de aulas específicos de Língua Portuguesa, História e Geografia. Em conjunto, os objetivos são:

- O trabalho de compreensão do texto literário, o enriquecimento do vocabulário e o exercício de produção de textos a partir das reflexões efetuadas sobre a obra estudada ou inspiradas nela.
- Contextualizar o autor e a obra em sua época, verificando as características de estilo literário e comparando-as com as características gerais do estilo de época.
- Produzir textos como resumos, paráfrases, citações e resenhas.
- Compreender a noção de civilização tratada no texto como expressão das particularidades da conjuntura histórica europeia da segunda metade do século XIX, discutindo os elementos caracterizadores dessa noção e de sua relatividade histórica.
- Compreender o conceito de *globalização*, comparando as características da "primeira globalização" com a globalização contemporânea.
- Entender a relação entre os interesses econômicos e a dominação política do mundo pelas potências colonialistas.
- Trabalhar a cidade como ponto de referência característico da sociedade industrial capitalista. Entender os conceitos de *meio técnico-científico-informacional*, *aldeia global* e *fábrica global*, verificando a possibilidade de sua aplicação à época retratada pela obra.
- Entender geograficamente o fenômeno do *neocolonialismo* e desenvolver a capacidade de interpretá-lo por meio de uma abordagem geopolítica.
- Verificar como a objetividade sócio-histórica, conquanto materialmente satisfatória, pode ainda assim ser alienante e não apresentar ao indivíduo a possibilidade de construção de uma identidade subjetivamente satisfatória.
- Identificar os elementos contraditórios do desenvolvimento urbano, em que se conjugam perversamente a riqueza e a pobreza. Verificar o caráter socioespacial dessa desigualdade e sua lógica.

Unidades Didáticas

Texto-base da Unidade 1

Excerto do capítulo 1, em que José Fernandes apresenta Jacinto e suas ideias sobre a civilização.

"O meu amigo Jacinto nasceu num palácio, com cento e nove contos de renda em terras de semeadura, de vinhedo, de cortiça e de olival.

No Alentejo, pela Estremadura, através das duas Beiras, densas sebes ondulando por colina e vale, muros altos de boa pedra, ribeiras, estradas, delimitavam os campos desta velha família agrícola que já entulhava grão e plantava cepa em tempos del-rei D. Dinis. A sua quinta e casa senhorial de Tormes, no Baixo Douro, cobriam uma serra, entre o Tua e o Tinhela, por cinco fartas léguas, todo o torrão lhe pagava foro. E serrados pinheirais seus negrejavam desde Arga até ao Mar de Âncora. Mas o palácio onde Jacinto nascera, e onde sempre habitara, era em Paris, nos Campos Elíseos, nº 202.

(...)

Jacinto e Eu, José Fernandes, ambos nos encontramos e acamaradamos em Paris, no Bairro Latino, para onde me mandara meu bom tio Afonso Fernandes Lorena de Noronha e Sande, quando aqueles malvados me riscaram da Universidade por eu ter esborrachado, numa tarde de procissão, na Sofia, a cara sórdida do Doutor Pais Pita.

Ora, nesse tempo Jacinto concebera uma ideia... este *Príncipe* concebera a ideia de que "o homem só é superiormente feliz quando é superiormente civilizado". E por homem civilizado o meu camarada entendia aquele que, robustecendo a sua força pensante com todas as noções adquiridas desde Aristóteles, e multiplicando a potência corporal dos seus órgãos com todos os mecanismos inventados desde Terâmenes, criador da roda, se torna um magnífico Adão, quase onipotente, quase onisciente, e apto portanto a recolher dentro de uma sociedade e nos limites do progresso (tal como ele se comportava em 1875) todos os gozos e todos os proveitos que resultam de saber e de poder... Pelo menos assim Jacinto formulava copiosamente a sua ideia, quando conversávamos de fins e destinos humanos, sorvendo bocks poeirentos, sob o toldo das cervejarias filosóficas no *Boulevard Saint-Michel*.

Este conceito de Jacinto impressionara os nossos camaradas de cenáculo, que tendo surgido para a vida intelectual, de 1866 a 1875, entre a batalha de Sadowa e a batalha de Sedan, e ouvindo constantemente, desde então, aos técnicos e aos filósofos, que fora a espingarda de agulha que vencera em Sadowa e fora o mestre-escola quem vencera em Sedan, estavam largamente preparados a acreditar que a felicidade dos indivíduos, como a das nações, se realiza pelo ilimitado desenvolvimento da mecânica e da erudição. Um desses moços mesmo, o nosso inventivo Jorge Carlande, reduzira a teoria de Jacinto, para lhe facilitar a circulação e lhe condensar o brilho a uma forma algébrica:

$$\text{suma ciência} * \text{suma potência} = \text{suma felicidade}$$

E durante dias, do Odeon à Sorbona, foi louvada pela mocidade positiva a *equação metafísica* de Jacinto.

(...)

Por uma conclusão bem natural, a ideia de civilização, para Jacinto, não se separava da imagem de cidade, de uma enorme cidade, com todos os seus vastos órgãos funcionando poderosamente. Nem este meu supercivilizado amigo compreendia que longe de armazéns servidos por três mil caixeiros; e de mercados onde se despejam os vergeis e lezírias de trinta províncias; e de bancos em que retine o ouro universal; e de fábricas fumegando com ânsia, inventando com ânsia; e de bibliotecas abarrotadas, a estalar, com a pedalada dos séculos; e de fundas milhas de ruas, cortadas, por baixo e por cima, de fios de telégrafos, de fios de telefones, de canos de gases, de canos de fezes; e da fila atroante dos ônibus, *tramways*, carroças, velocípedes, calhambeques, parelhas de luxo; e de dois milhões de uma vaga humanidade, fervilhando, a ofegar, através da polícia, na busca dura do pão ou sob a ilusão do gozo – o homem do século XIX pudesse saborear, plenamente, a delícia de viver!

Quando Jacinto, no seu quarto do 202, com as varandas abertas sobre os lilases, me desenrolava estas imagens, todo ele crescia, iluminado. Que criação augusta, a da cidade! Só por ela, Zé Fernandes, só por ela, pode o homem suberbamente afirmar a sua alma!...

(...)

– Aí tens tu, o fonógrafo!... Só o fonógrafo, Zé Fernandes, me faz verdadeiramente sentir a minha superioridade de ser pensante e me separa do bicho. Acredita, não há senão a cidade, Zé Fernandes, não há senão a cidade!

E depois (acrescentava) só a cidade lhe dava a sensação, tão necessária à vida como o calor, da solidariedade humana. E no 202, quando considerava em redor, nas densas massas do casario de Paris, dois milhões de seres arquejando na obra da civilização (para manter na natureza o domínio dos Jacintos!) sentia um sossego, um aconchego, só comparáveis ao do peregrino, que, ao atravessar o deserto, se ergue no seu dromedário, e avista a longa fila da caravana marchando, cheia de lumes e de armas...

Eu murmurava, impressionado:
– Caramba!
Ao contrário no campo, entre a inconsciência e a impassibilidade da natureza, ele tremia com o terror da sua fragilidade e da sua solidão. Estava aí como perdido num mundo que não lhe fosse fraternal; nenhum silvado encolheria os espinhos para que ele passasse; se gemesse com fome nenhuma árvore, por mais carregada, lhe estenderia o seu fruto na ponta compassiva de um ramo. Depois, em meio da natureza, ele assistia à súbita e humilhante inutilização de todas as suas faculdades superiores. De que servia, entre plantas e bichos – ser um gênio ou ser um santo? As searas não compreendem as *Geórgicas*; e fora necessário o socorro ansioso de Deus, e a inversão de todas as leis naturais, e um violento milagre para que o lobo de Agúbio não devorasse S. Francisco de Assis, que lhe sorria e lhe estendia os braços e lhe chamava "meu irmão lobo"! Toda a intelectualidade, nos campos, se esteriliza, e só resta a bestialidade. Nesses reinos crassos do Vegetal e do Animal duas únicas funções se mantêm vivas: a nutritiva e a procriadora. Isolada, sem ocupação, entre focinhos e raízes que não cessam de sugar e de pastar, sufocando no cálido bafo da universal fecundação, a sua pobre alma toda se engelhava, se reduzia a uma migalha de alma, uma fagulhazinha espiritual a tremeluzir, como morta, sobre um naco de matéria; e nessa matéria dois instintos surdiam, imperiosos e pungentes, o de devorar e o de gerar. Ao cabo de uma semana rural, de todo o seu ser tão nobremente composto só restava um estômago e por baixo um falo! A alma? Sumida sob a besta. E necessitava correr, reentrar na cidade, mergulhar nas ondas lustrais da civilização, para largar nelas a crosta vegetativa, e ressurgir reumanizado, de novo espiritual e jacíntico!"

(Queirós, s/d)

Sequência didática
Aspectos da língua portuguesa

Aula 1
Primeira aproximação com o texto e com o tema enfocado por este

Objetivos específicos da aula
- Breve contextualização do autor e da obra em sua época;
- Apresentação do tema;
- Compreensão do texto.

Sequência de conteúdos
- Breve biografia de Eça de Queirós;
- *A Cidade e as Serras* e sua temática, contextualizada;
- Trabalho de entendimento de texto e vocabulário.

Orientações didáticas (metodologia de ensino)

Nesse momento é necessária uma apresentação prévia do autor e da obra que será estudada, resumindo-se a "história" contada no romance. É muito interessante que os alunos sejam incentivados à leitura da obra como um todo, o que pode ser combinado com os mesmos estabelecendo-se um cronograma de leitura adequado ao planejamento didático.

Um segundo aspecto fundamental é a verificação dos conhecimentos prévios dos estudantes: o que eles conhecem sobre Eça de Queirós? E sobre a obra estudada? Têm alguma informação sobre o realismo português?

Passa-se então à compreensão do texto:

a) realiza-se uma primeira leitura, em que os alunos podem grifar suas dúvidas quanto a palavras desconhecidas ou ao entendimento do sentido de partes do texto.

b) o professor discute, com os alunos, o sentido geral do texto e os temas tratados, listando-os. São esclarecidas as dúvidas específicas quanto ao sentido de partes do texto.

c) efetua-se, com a ajuda do dicionário, a verificação das palavras desconhecidas, anotando-se o sentido no próprio texto (esta atividade pode ser feita em grupos).

d) realiza-se nova leitura, em um primeiro momento individual, depois coletiva, em que são incorporados sinônimos dos termos pouco conhecidos (por exemplo: "[...] se torna um magnífico Adão, quase onipotente, quase onisciente, *sabedor de tudo*, e apto portanto a recolher [...]"). Neste momento, o professor poderá realizar questionamentos acerca da compreensão do texto coletivamente.

Avaliação

A participação dos alunos na apresentação dos conhecimentos prévios, na indicação de dúvidas, na leitura final, propiciará momentos adequados para a verificação da compreensão do significado do texto pelos mesmos, e da decisão de se retomar a discussão ou prosseguir na sequência didática.

A proposta de se reescrever o texto, individualmente, pode ser interessante na verificação do entendimento de sua essência por parte do aluno.

Aula 2
A obra e o estilo de época

Objetivos específicos da aula

- Contextualizar o autor e a obra em seu tempo-espaço e na escola realista;
- Verificar as características de estilo da obra, comparando-as com as características gerais do estilo de época.

Sequência de conteúdos

- A estética realista e seu projeto literário;
- A contraposição ao Romantismo;
- As características essenciais do realismo literário.

Orientação aos professores

Como escreve Cadermatori (1986, p. 5-6), todo momento histórico apresenta um conjunto de normas que orienta e caracteriza suas manifestações culturais (o *estilo da época*). Estas normas (no caso da criação artística, normas estéticas reunidas segundo o preceito do gosto) agem como princípio regulador, estabelecendo regras para a criação, prescrevendo os traços que devem apresentar e circunscrevendo sua abrangência. No entanto, por existir diferentemente no tempo e peculiarmente em cada segmento social, bem como referir-se a distintas gerações, o estilo é um fato histórico e um fenômeno relativo à divisão da sociedade em classes sociais, convivendo num mesmo momento diferentes estilos sujeitos a diferentes normas.

Segundo a autora citada (p. 44 e ss.), na segunda metade do século XIX o cientificismo predominante somado à industrialização progressiva e à vitória do capitalismo criou um ambiente de combate contra o sentimentalismo, o tom confessional das obras e o convencionalismo da linguagem do Romantismo. Nesse contexto, a literatura produzida vai apresentar como características gerais a busca da objetividade, a crença na razão, a preocupação com o social, o interesse pelo real e pelo homem comum, o que se reflete nas personagens que, não se distinguindo por virtudes ou faculdades especiais, carrega as contradições da natureza humana. A essa tendência denomina-se Realismo.

Conforme Garmes e Siqueira (2007), o estilo de Eça de Queirós tem como característica uma narrativa em que se emprega uma linguagem muito parecida com aquela do dia a dia, fazendo um uso peculiar do português. Uma de suas características é a **adjetivação**, considerada muito original. Outra é o recurso à **ironia**, figura de linguagem usada de forma que a "cumplicidade" com o objeto atacado permita que a mensagem possa ser entendida literalmente ou em seu sentido contrário. Isto de forma diferente da **sátira**, outro procedimento frequente do autor, que não cria ambiguidades sobre o ataque realizado. Além disso, outra característica de estilo destacada pelos autores citados é a realização da crítica dos objetos criticados em diversas perspectivas, não se deixando clara a posição do narrador e, desse modo, obrigando o próprio leitor a se indagar sobre o assunto abordado.

> Uma figura de linguagem é um recurso que consiste em apresentar uma ideia por meio de combinações incomuns de palavras. A ironia, em especial, é uma figura de pensamento que exprime, intencionalmente, o contrário do que se pensa e, para ser percebida, depende do contexto em que foi formulada (Faraco e Moura, 2001, p. 580).

É interessante notar que esse procedimento do autor pode ser explicado, se lançarmos mão da teoria psicanalítica (Freud, em particular), em função da criação, pelo autor, de uma *situação de angústia* que enseja, no leitor, um *desejo de saber*, relacionado à resolução do problema angustiante.

Orientações didáticas (metodologia de ensino)

Tendo havido anteriormente contato prévio com o texto, cabe agora voltar ao mesmo e, de forma analítica, orientar os alunos na observação dos aspectos de estilo e outros elementos significativos.

Este trabalho pode ser feito em duplas ou grupos um pouco maiores, cabendo aos alunos destacar as frases e expressões que contenham elementos julgados significativos na definição do estilo, com as devidas justificativas pela escolha. As equipes poderão apresentar suas conclusões, que serão sistematizadas pelo professor.

O professor deve, então, apresentar as características usualmente consideradas típicas do estilo de época (no caso, o realismo português) e do autor em particular, correlacionando-as com as observações feitas pelos alunos. É possível, enfim, contextualizar a obra, procurando entender as observações realizadas em função das circunstâncias históricas e societárias em que foi produzida.

Questões gerais referentes à influência do desenvolvimento industrial no surgimento da estética realista, ou da substituição da idealização romântica pela racionalidade e objetividade podem, nesse momento, serem levantadas pelo professor e discutidas coletivamente.

Avaliação

Um "estilo de época" ou "período literário", em última análise, se caracteriza por uma ideologia comum, isto é, modos de pensar, ver e refletir o mundo compartilhados por pessoas que convivem em um dado contexto civilizatório, definido espaço-temporalmente. Os elementos de estilo e as diferentes formas de uso da linguagem presentes nos textos são, nesse sentido, produtos dessas condições; a expressão "visível", diríamos, daqueles condicionantes mais profundos. É dessa forma que um período vai se distinguir e conformar sua identidade em relação aos outros que o precederam, mas também em relação a si mesmo.

Nesse sentido, um exercício de análise literária comparada pode ser interessante para ressaltar semelhanças e diferenças dentre autores englobados usualmente num mesmo "estilo literário", mostrando que tal classificação não significa homogeneidade, mas antes compartilhamento de valores e pontos de vista que se concretizam no modo de os autores refletirem o real por meio da linguagem.

Sugere-se, assim, a seleção de um ou mais pequenos textos de autores realistas, não necessariamente portugueses, mas por exemplo Machado de Assis. Os alunos deverão, então, procurar identificar semelhanças e diferenças de forma e conteúdo, por fim debatendo coletivamente as impressões registradas. Nesse sentido, por que não comparar a discussão filosófica de Jacinto e João Fernandes com aquela entre Rubião e Quincas Borba, em termos da busca de princípios universais explicativos da condição humana? Vejamos o *Quincas Borba*, de Machado:

– Mas que Humanitas é esse?

– Humanitas é o princípio. Há nas coisas todas certa substância, recôndita e idêntica, um princípio único, universal, eterno, comum, indivisível e indestrutível – ou, para usar a linguagem do grande Camões:

Uma verdade que nas cousas anda
Que mora no visíbil e invisíbil

Pois essa substância ou verdade, esse princípio indestrutível é que é Humanitas. Assim lhe chamo, porque resume o universo, e o universo é o homem. Vais entendendo?

– Pouco; mas, ainda assim, como é que a morte de sua avó...

– Não há morte. O encontro de duas expansões, ou a expansão de duas formas, pode determinar a supressão de uma delas; mas, rigorosamente, não há morte, há vida, porque a supressão de uma é a condição da sobrevivência da outra, e a destruição não atinge o princípio universal e comum. Daí o caráter conservador e benéfico da guerra. Supõe tu um campo de batatas e duas tribos famintas. As batatas apenas chegam para alimentar uma das tribos, que assim adquire forças para transpor a montanha e ir à outra vertente, onde há batatas em abundância; mas, se as duas tribos dividirem em paz as batatas do campo, não chegam a nutrir-se suficientemente e morrem de inanição. A paz, nesse caso, é a destruição; a guerra é a conservação. Uma das tribos extermina a outra e recolhe os despojos. Daí a alegria da vitória, os hinos, aclamações, recompensas públicas e todos os demais efeitos das ações bélicas. Se a guerra não fosse isso, tais demonstrações não chegariam a dar-se, pelo motivo real de que o homem só comemora e ama o que lhe é aprazível ou vantajoso, e pelo motivo racional de que nenhuma pessoa canoniza uma ação que virtualmente a destrói. Ao vencido, ódio ou compaixão; ao vencedor, as batatas.

– Mas a opinião do exterminado?

– Não há exterminado. Desaparece o fenômeno, a substância é a mesma. Nunca viste ferver água? Hás que lembrar-te que as bolhas fazem-se e desfazem-se de contínuo, e tudo fica na mesma água. Os indivíduos são essas bolhas transitórias.

– Bem; a opinião da bolha...

– Bolha não tem opinião.

(Assis, 1997: 8 a 9)

Um caminho de comparação pode ser esboçado da seguinte maneira: para Jacinto, a ciência e a tecnologia, representando saber e poder, são o caminho da felicidade; para Quincas Borba, é a guerra que leva às batatas. Nos dois casos, tratam-se de formas de alcançar uma condição humana desejada, a "felicidade" ou o que é "aprazível e vantajoso". No primeiro caso, é nítida a referência ao que poderíamos chamar de "alienação da técnica"; no segundo caso, a aplicação do princípio darwiniano da "luta pela vida e sobrevivência do mais forte". Ambos provenientes do caldo de cultura típico da segunda metade do século XIX.

O humanitismo de Quincas Borba, quase à maneira de um Parmênides, pressupõe um princípio conservador, uma essência que se preserva apesar das transformações das aparências; a "metafísica jacíntica" entende que, como diz o samba de Noel Rosa e Orestes Barbosa, *Positivismo*, de 1933, "o progresso é que deve vir por fim...".

Aspectos do conhecimento histórico

A Cidade e as Serras apresenta uma historicidade explícita. A preocupação do autor gira em torno de um contexto espaço-temporal nítido, que não é somente um pano de fundo, mas na verdade é o elemento articulador do romance. São os problemas que afligem o homem, suas visões de mundo e suas opções ante uma conjuntura que dão aos personagens suas razões de ser.

Nesse sentido, a questão da contextualização sociocultural convida à atenção. Trata-se de um momento histórico em que a Europa se vê diante de progressos técnicos, científicos, econômicos e culturais que redundam em inovações que se precipitam em ritmo acelerado. A sociedade, assim, se reconfigura rapidamente, a vida citadina adquire dimensões novas e, nesse bojo, as representações (ou seja, as concepções que os homens têm de si, do mundo e das relações que se estabelecem aí) vão refletir tal movimento ou mais ou menos alienadamente. A discussão da concepção de civilização expressa por Jacinto sintetiza este debate de maneira original.

Aula 1
O conceito de civilização (para a elite europeia de fins do século XIX)

Objetivos específicos da aula
- Verificação da noção de civilização tratada no texto como expressão das particularidades da conjuntura histórica europeia da segunda metade do século XIX;
- Discussão dos elementos caracterizadores dessa noção e de sua relatividade histórica.

Sequência de conteúdos
- O contexto histórico e suas referências cronológicas;
- A relação entre desenvolvimento civilizatório e bem-estar humano;
- As tecnologias como expressão do progresso civilizacional;
- A oposição entre civilização e natureza.

Orientação aos professores

1. De acordo com Adam Watson (2004, p. 349), o século XIX foi um período de crescente sucesso e prosperidade, em que houve progressos dramáticos nos padrões de vida material, de saúde e educação, bem como nas ciências e nas artes. Tratou-se de uma era de revolução industrial e técnica, e de avanço do homem no controle do meio ambiente. As classes médias adquiriram maior importância na maioria dos países europeus, e uma nova classe trabalhadora industrial desenvolvia-se rapidamente. Em termos políticos, o período do fim do século foi de paz, conquanto uma paz não confortável, em virtude da existência de um "equilíbrio de poder" instável entre os cinco maiores Estados (Inglaterra, França, Áustria, Rússia, Alemanha).

2. Conforme Fernand Braudel (2004, p. 25 e ss.), a palavra "civilização" surge tardiamente na França, no século XVIII, a partir de "civilizado" e "civilizar", termos de uso mais antigo. O sentido era de oposição à "barbárie". Ou seja, existem de um lado os povos civilizados, e de outro os povos selvagens, primitivos ou bárbaros. Seu uso é frequentemente acompanhado do termo "cultura", usado em sentido semelhante por certo tempo.

Para Braudel, a noção de civilização implica um duplo sentido, designando ao mesmo tempo *valores morais* e *valores materiais*, o que Marx distinguiu como infraestruturas (elementos materiais) e superestruturas (elementos espirituais). Envolve, portanto, "todas as conquistas humanas", sejam estradas ou portos ou ciência, arte e organização social. Em função desse caráter duplo, alguns preferem falar em cultura ao se referirem aos aspectos espirituais, reservando-se o termo civilização para as conquistas técnicas.

Posteriormente, o uso do termo foi desdobrado para o plural: fala-se de civilizações, como intuito de referência ao "conjunto de características que a vida coletiva de um grupo ou de uma época apresenta". Assim, da noção de *"uma civilização confundida com o progresso em si e que se reservava a uns poucos povos privilegiados ou a determinados grupos humanos"*, a partir do século XX passa-se ao entendimento das civilizações como modos diferenciados de desenvolvimento cultural e técnico.

Braudel assinala também que as civilizações são definidas em termos de espaços (a realidade geográfica), sociedades, economias e mentalidades coletivas. E, no aspecto societário, desde as primeiras civilizações, uma das características essenciais é a presença de cidades, conquanto essa presença não implique o desaparecimento, mas sim o estabelecimento de relações e articulações diversas com espaços "menos civilizados".

Orientações didáticas (metodologia de ensino)

O que sabem os alunos sobre o tema da aula? Esta é a pergunta que sempre deve ser feita, porque certamente sabem alguma coisa, mesmo que, em princípio, explicitem (ou mesmo acreditem) que não saibam. Cabe ao professor "escavar arqueologicamente" a memória dos alunos, procurando estabelecer relações entre as informações citadas pelos estudantes.

Sobre o tema estudado nesta lição, especificamente, deve ser lembrado que dentre os estudantes brasileiros há uma grande quantidade de descendentes dos imigrantes europeus que vieram ao Brasil justamente na época considerada. Registros e memórias familiares podem ser interessantes no sentido tanto do levantamento de informações históricas quanto da motivação de interesse. Afinal, de certo modo, está em pauta a questão "de onde viemos?" e, nesse sentido, "o que nos foi legado desse passado?".

Os alunos podem obter a referência cronológica e contextual a partir de diversos elementos apresentados no texto (período de 1866 a 1875; batalha de Sadowa e batalha de Sedan, no contexto geopolítico; as inovações técnicas, no contexto econômico). Tais elementos podem ser trabalhados a partir da mobilização de conhecimentos

> A batalha de Sadowa, em 1866, com a vitória da Prússia contra a Áustria, definiu o papel protagonista da primeira na condução do processo da unificação alemã. Já a batalha de Sedan, em 1871, decidindo a Guerra Franco-Prussiana em favor da Prússia, marcou o final do processo de unificação referido, propiciando a fundação do Império Alemão (II Reich). Lembremos que o "I Reich" foi o antigo Sacro Império Romano Germânico, fundado por Carlos Magno; e o "III Reich", o Estado nazista.

prévios realizada, de pesquisa feita pelos próprios alunos ou apresentada pelo professor. O uso de uma linha do tempo é recurso adequado.

Enfim, os marcos históricos factuais assinalados acima se referem a processos históricos conjunturais (a unificação alemã e a rivalidade franco-prussiana, a II Revolução Industrial) que devem ser posicionados em seus contextos de longa duração (a formação dos Estados nacionais europeus e o desenvolvimento do sistema capitalista, particularmente em sua expressão industrial).

Do texto, os alunos devem ser instados, trabalhando em equipes, a retirar os elementos que caracterizam a concepção civilizatória de Jacinto. Isto envolve a observação dos seguintes aspectos:

a) o desenvolvimento tecnológico e o progresso.
b) a relação entre civilização e cidade.
c) a oposição entre civilização e natureza.

Os alunos devem ser instruídos para distinguir entre os elementos materiais e os elementos espirituais que possam vir a caracterizar a noção "jacíntica" de civilização. Enfim, a partir da colocação das observações dos alunos, cabe ao professor discutir e sistematizar as observações realizadas.

Tendo sido realizada a sistematização, pode ser proposta aos alunos, individualmente, a tarefa de enunciar o conceito de civilização. Tais enunciados devem ser apresentados e discutidos coletivamente, até que se chegue a um enunciado geral único.

Uma vez enunciado o conceito, cabe ao professor proceder à crítica do mesmo, a partir dos elementos do próprio texto: quem considera a civilização do modo apresentado? Qual sua posição social? Trata-se, portanto, de um conceito universalmente válido? Ou é um conceito associado a uma visão de mundo particular de uma época e um lugar (classista, eurocêntrica, elitista)?

Avaliação

O conceito de civilização é um dos pilares fundamentais da concepção *geo-histórica* e se define, nessa abordagem, como uma estrutura de longa duração caracterizada pela geografia, pela economia, pela organização social e pela cultura. Também se distingue o conceito de civilização, em geral, das civilizações em particular.

Sendo assim, uma atividade avaliativa interessante é a comparação do conceito de civilização construído a partir do texto com o conceito de civilização produzido por autores clássicos, como Braudel e Gordon Childe, comparação essa que poderá ser exemplificada por meio da análise de processos civilizatórios concretos, antigos e contemporâneos. Para esse trabalho, referências como *O Correio da Unesco* e *National Geographic Brasil*, dentre outras fontes, são muito interessantes.

A análise dos resultados dos trabalhos desenvolvidos pelos alunos propiciará, ao professor, os parâmetros de verificação do processo de aprendizagem. O momento de apresentação e discussão coletiva dos trabalhos, nesse sentido, é fundamental para a correção das deficiências verificadas.

Aspectos do conhecimento geográfico

Na obra estudada fica também explícita a relação indissociável entre *historicidade* e *geograficidade*. A cidade, colocada como "endereço" da civilização (em contraposição, portanto, ao que não é urbano), representa a concretização espacial de um modo de ser societário que é, na verdade, um produto histórico específico. A Paris descrita por Eça não é o que sempre foi, nem seu significado permanece o mesmo. E, no entanto, é ela que se afigura como principal referência civilizatória. A Paris "ultracivilizada" da *Belle Époque* só existe porque havia outra Paris, e na verdade muitas outras. Ou seja, a realidade espacial concreta que se vê e se descreve, como fez o autor estudado, é produto de processos de transformação, desenvolvimento e retrocesso, sucedidos e acumulados durante séculos, uma longa duração, e que nos aparece como um produto final, na verdade uma complexa reunião espacial de heranças históricas. A cidade tem, assim, uma "permanência", algo como uma "inércia espacial" que a faz perseverar, o que significa dizer, em outras palavras, que tem um "papel" que não se restringe a conjunturas históricas particulares, mas as ultrapassa.

aula 1
A cidade e a civilização

Objetivos específicos da aula
- Trabalhar a cidade como ponto de referência característico da sociedade industrial capitalista.

Sequência de conteúdos
- A cidade como elemento civilizatório e *sistema de valores*.
- A "oposição" entre civilização e natureza.

Orientação aos professores

Braudel lembra que a cidade sempre foi uma característica diferenciadora da civilização em relação às culturas tradicionais (2004, p. 38). Já para Castells (2000, p. 39 e ss.), falar em urbanização hoje pode significar, por um lado, a referência à concentração espacial de uma população, a partir de certos limites de dimensão e de densidade. Mas, por outro, significa também a difusão de um conjunto de valores, atitudes e comportamentos denominados "cultura urbana", visto como o *sistema cultural característico da sociedade industrial capitalista*. Caracteriza-se, assim, pela correspondência entre certo tipo técnico de produção (definido em princípio pela atividade industrial), um sistema de valores e uma forma específica de organização do espaço. Ressalta o autor citado também que a análise da urbanização está intimamente ligada à problemática do desenvolvimento, referida ao mesmo tempo a um nível (técnico-econômico) e a um processo (transformação qualitativa das estruturas sociais que permite um aumento do potencial das forças produtivas).

MÓDULO 1 - GLOBALIZAÇÃO, CIVILIZAÇÃO, CIDADE E CAMPO

Orientações didáticas (metodologia de ensino)

Uma primeira atividade referente à mobilização de conhecimentos prévios pode se dar no sentido de solicitar aos alunos que exponham suas impressões sobre a vida na cidade e a vida no campo, tomadas de suas experiências pessoais ou adquiridas indiretamente. Esta exposição pode ser acompanhada de valorações, ou seja, pode ser pedido que os estudantes opinem sobre vantagens e desvantagens de uma situação e da outra.

Passa-se, então, ao texto, onde devem ser identificadas as características civilizatórias, ou seja, as "vantagens" da vida urbana na opinião de Jacinto e as suas impressões sobre a vida rural. Esta atividade pode ser realizada individualmente. Cabe ao professor sistematizar coletivamente as concepções "jacínticas" a partir da exposição dos alunos, produzindo-se um enunciado que responda às seguintes questões: cidade é sinônimo de civilização? O campo não é civilizado?

É possível, então, comparar a opinião de Jacinto, referente ao seu contexto histórico, com as próprias concepções expressas pelos alunos. São convergentes ou divergentes? O que explica as eventuais convergências e divergências?

Avaliação

Trabalhou-se nesta aula com a referência de dois momentos históricos e duas situações geográficas: a Paris "jacíntica" de fins do século XIX e a realidade (predominantemente urbana) brasileira da atualidade. Propõe-se, então, verificar a capacidade dos alunos em mobilizar os conceitos construídos para uma análise mais aprofundada de um contexto societário específico, bem caracterizado histórica e geograficamente: sugere-se o estudo do caso de alguma cidade brasileira na atualidade (pode ser a cidade em que se estiver, se for o caso). Os alunos deverão dividir-se em dois grupos, um defendendo os *pontos fortes* (como a disponibilidade de serviços de educação e saúde, acesso à cultura e ao emprego, convivência com a diversidade de ideias etc.) e outro criticando os *pontos fracos* da civilização urbana, na particularidade da cidade estudada (por exemplo o *stress* da vida cotidiana, a poluição ambiental, a criminalidade, o problema de acesso à habitação, a exclusão social).

Para tanto, recomenda-se recorrer à pesquisa no noticiário jornalístico, também uma ferramenta interessante de ensino e que pode perfeitamente ser usada "em parceria" com os textos literários.

Texto-base da Unidade 2

Capítulo 2, em que se discute o modo de vida e as características da "civilização" europeia em fins do século XIX, animada pelas inovações tecnológicas.

Era de novo fevereiro, e um fim de tarde arrepiado e cinzento, quando eu desci os Campos Elíseos em demanda do 202. Adiante de mim caminhava, levemente curvado, um homem que, desde as botas rebrilhantes até as abas recurvas do chapéu de onde fugiam anéis de cabelo crespo, ressumava elegância e a familiaridade das coisas finas. As mãos cruzadas atrás das costas, calçadas de anta branca, sustentava uma bengala grossa com castão de cristal. E só quando ele parou ao portão do 202 reconheci o nariz afilado, os fios do bigode corredios e sedosos.

– Oh Jacinto!

– Oh Zé Fernandes!

O abraço que nos enlaçou foi tão alvoroçado que o meu chapéu rolou na lama. E ambos murmurávamos, comovidos, entrando a grade:

– Há sete anos!...

– Há sete anos!...

E, todavia, nada mudara durante esses sete anos no jardim do 202! Ainda entre as duas aleias bem areadas se arredondava uma relva, mais lisa e varrida que a lã de um tapete. No meio o vaso coríntico esperava abril para resplandecer com tulipas e depois junho para transbordar de margaridas. E ao lado das escadas limiares, que uma vidraçaria toldava, as suas magras deusas de pedra, do tempo de D. Galião, sustentavam as antigas lâmpadas de globos foscos, onde já silvava o gás.

Mas dentro, no peristilo, logo me surpreendeu um elevador instalado por Jacinto – apesar do 202 ter apenas dois andares, e ligados por uma escadaria tão doce que nunca ofendera a asma da senhora D. Angelina! Espaçoso, tapetado, ele oferecia, para aquela jornada de sete segundos, confortos numerosos, um divã, uma pele de urso, um roteiro das ruas de Paris, prateleiras gradeadas com charutos e livros. Na antecâmara, onde desembarcamos, encontrei a temperatura macia e tépida de uma tarde de maio, em Guiães. Um criado, mais atento ao termômetro que um piloto à agulha, regulava destramente a boca dourada do calorífero. E perfumadores entre palmeiras, como num terraço santo de Benares, esparziam um vapor, aromatizando e salutarmente emudecendo aquele ar delicado e superfino.

Eu murmurei, nas profundidades do meu assombrado ser:

– Eis a civilização!

Jacinto empurrou uma porta, penetramos numa nave cheia de majestade e sombra, onde reconheci a biblioteca por tropeçar numa pilha monstruosa de livros novos. O meu amigo roçou de leve o dedo na parede; e uma coroa de lumes elétricos, refulgindo entre os lavores do teto, alumiou as estantes monumentais, todas de ébano. Nelas repousavam mais de trinta mil volumes, encadernados em branco, em escarlate, em negro, com retoques de ouro, hirtos na sua pompa e na sua autoridade como doutores num concílio.

Não contive a minha admiração:

– Oh Jacinto! Que depósito!

Ele murmurou, num sorriso descorado:

– Há que ler, há que ler...

Reparei então que o meu amigo emagrecera; e que o nariz se lhe afilara mais entre duas rugas muito fundas, como as de um comediante cansado. Os anéis do seu cabelo lanígero rareavam sobre a testa, que perdera a antiga serenidade de mármore bem polido. Não frisava agora o bigode, murcho, caído em fios pensativos. Também notei que corcovava.

Ele erguera uma tapeçaria – entramos no seu gabinete de trabalho, que me inquietou. Sobre a espessura dos tapetes sombrios os nossos passos perderam logo o som, e como a realidade. O damasco das paredes, os divãs, a madeira, eram verdes, de um verde profundo de folha de louro. Sedas verdes envolviam as luzes elétricas, dispersas em lâmpadas tão baixas que lembravam estrelas caídas por cima das mesas, acabando de arrefecer e morrer; só uma rebrilhava, nua e clara, no alto de uma estante quadrada, esguia, solitária como uma torre numa planície, e de que o lume parecia ser o farol melancólico. Um biombo de laca verde, fresco verde, fresco verde de relva, resguardava a chaminé de mármore verde, verde de mar sombrio, onde esmoreciam as brasas de uma lenha aromática. E entre aqueles verdes reluzia, por sobre peanhas e pedestais, toda uma mecânica suntuosa, parelhos, lâminas, rodas, tubos, engrenagens, hastes, friezas, rigidez de metais...

Mas Jacinto batia nas almofadas do divã, onde se enterrara com um modo cansado que eu não lhe conhecia:

– Para aqui, Zé Fernandes, para aqui! É necessário reatarmos estas nossas vidas, tão apartadas há sete anos!... Em Guiães, sete anos! Que fizeste tu?

– E tu, que tens feito, Jacinto?

O meu amigo encolheu molemente os ombros. Vivera – cumprira com serenidade todas as funções, as que pertencem à matéria e as que pertencem ao espírito...

– E acumulaste civilização, Jacinto! Santo Deus... Está tremendo, o 202!

Ele espalhou em torno um olhar onde já não faiscava a antiga vivacidade:

– Sim, há confortos... Mas falta muito! A humanidade ainda está mal apetrechada, Zé Fernandes... E a vida conserva resistências.

Subitamente, a um canto, repicou a campainha do telefone. E enquanto o meu amigo, curvado sobre a laca, murmurava impaciente "Esta lá? – Está lá?", examinei curiosamente, sobre a sua imensa mesa de trabalho, uma estranha e miúda legião de instrumentozinhos de níquel, de aço, de cobre, de ferro, com gumes, com argolas, com tenazes, com ganchos, com dentes, expressivos todos, de utilidades misteriosas. Tomei um que tentei manejar – e logo uma ponta malévola me picou um dedo. Nesse instante rompeu de outro canto um tique-tique-tique açodado, quase ansioso. Jacinto acudiu, com a face no telefone:

– Vê aí o telégrafo!... Ao pé do divã. Uma tira de papel que deve estar a correr.

E, com efeito, de uma redoma de vidro posta numa coluna, e contendo um aparelho esperto e diligente, escorria para o tapete, como uma tênia, a longa tira de papel com caracteres impressos, que eu, homem das serras, apanhei, maravilhado. A linha, traçada em azul, anunciava ao meu amigo Jacinto que a fragata russa *Azoff* entrara em Marselha com avaria!

Já ele abandonara o telefone. Desejei saber, inquieto, se o prejudicava diretamente aquela avaria da *Azoff*.

– Da *Azoff*?... A avaria? A mim... Não! É uma notícia.

Depois, consultando um relógio monumental que, ao fundo da biblioteca, marcava a hora de todas as capitais e o curso de todos os planetas:

– Eu preciso escrever uma carta, seis linhas... Tu esperas, não, Zé Fernandes? Tens aí os jornais de Paris, da noite; e os de Londres, desta manhã. As ilustrações além, naquela pasta de couro com ferragens.

Mas eu preferi inventariar o gabinete, que dava à minha profanidade serrana todos os gostos de uma iniciação. Aos lados da cadeira de Jacinto pendiam gordos tubos acústicos, por onde ele decerto soprava as suas ordens através do 202. Dos pés da mesa cordões túmidos e moles, coleando sobre o tapete, corriam para os recantos de sombra à maneira de cobras assustadas. Sobre uma banquinha, e refletida no seu verniz como na água de um poço, pousava uma máquina de escrever; e adiante era uma imensa máquina de calcular, com fileiras de buracos de onde espreitavam, esperando, números rígidos e de ferro. Depois parei em frente da estante que me preocupava, assim solitária, à maneira de uma torre numa planície, com o seu alto farol. Toda uma de suas faces estava repleta de dicionários; a outra de manuais; a outra de afias; a última de guias, e entre eles, abrindo um fólio, encontrei o guia das ruas de Samarcanda. Que maciça torre de informação! Sobre prateleiras admirei aparelhos que não compreendia: um composto de lâminas de gelatina, onde desmaiavam, meio chupadas, as linhas de uma carta, talvez amorosa; outro, que erguia sobre um pobre livro brochado, como para o decepar, um cutelo funesto; outro avançando a boca de uma tuba, toda aberta para as vozes do invisível. Cingidos aos umbrais, liados às cimalhas, luziam arames, que fugiam através do teto, para o espaço. Todos mergulhavam em forças universais; todos transmitiam forças universais. A natureza convergia disciplinada ao serviço do meu amigo e entrara na sua domesticidade!...

Jacinto atirou uma exclamação impaciente:

– Oh, estas penas elétricas!... Que seca!

Amarrotara com cólera a carta começada, eu escapei, respirando, para a biblioteca. Que majestoso armazém de produtos do raciocínio e da imaginação! Ali jaziam mais de trinta mil volumes, e todos decerto essenciais a uma cultura humana. Logo à entrada notei, em ouro numa lombada verde, o nome de Adam Smith. Era pois a região dos economistas. Avancei – e percorri, espantado, oito metros de economia política. Depois avistei os filósofos e os seus comentadores, que revestiam toda uma parede, desde as escolas pré-socráticas até as escolas neopessimistas. Naquelas pranchas se acastelavam mais de oito mil sistemas – e que todos se contradiziam. Pelas encadernações logo se deduziam as doutrinas: Hobbes, embaixo, era pesado, de couro negro; Platão, em cima, resplandecia, numa pelica pura e alva. Para adiante começavam as histórias universais. Mas aí uma imensa pilha de livros brochados, cheirando a tinta nova e a documentos novos, subia contra a estante, como fresca terra de aluvião tapando uma riba secular. Contornei essa colina, mergulhei na seção das ciências naturais, peregrinando, num assombro crescente, da orografia para a paleontologia, e da morfologia para a cristalografia. Essa estante rematava junto de uma janela rasgada sobre os Campos Elíseos. Apartei as cortinas de veludo – e por trás descobri outra portentosa rima de volumes, todos de história religiosa, de exegese religiosa, que trepavam montanhosamente até aos últimos vidros, vedando, nas manhãs mais cândidas, o ar e a luz do senhor.

Mas depois rebrilhava, em marroquins claros, a estante amável dos poetas. Como um repouso para o espírito esfalfado de todo aquele saber positivo. Jacinto aconchegara aí um recanto, com um divã e uma mesa de limoeiro, mais lustrosa que um fino esmalte, coberta de charutos, de cigarros do Oriente, de tabaqueiras do século XVIII. Sobre um cofre de madeira lisa pousava ainda, esquecido, um prato de damascos secos do Japão. Cedi à sedução das almofadas, trinquei um damasco, abri um volume; e senti estranhamente, ao lado, um zumbido, como de um inseto de asas harmoniosas. Sorri à ideia que fossem abelhas, compondo o seu mel naquele maciço de versos em flor.

Depois percebi que o sussurro remoto e dormente vinha do cofre de mogno, de parecer tão discreto. Arredei uma *Gazeta de França*; e descortinei um cordão que emergia de um orifício, escavado no cofre, e rematava num funil de marfim. Com curiosidade, encostei o funil a esta minha confiada orelha, afeita à singeleza dos rumores da serra. E logo uma voz, muito mansa, mas muito decidida, aproveitando a minha curiosidade para me invadir e se apoderar de meu entendimento, sussurrou copiosamente:

– "... E assim, pela disposição dos cubos diabólicos, eu chego a verificar os espaços hipermágicos!..."

Pulei, com um berro.

– Oh Jacinto, aqui está um homem! Está aqui um homem a falar dentro de uma caixa!

O meu camarada, habituado aos prodígios, não se alvoroçou:

– É um *conferençofone*... Exatamente como o teatrofone; somente aplicado às escolas e às conferências. Muito cômodo!... Que diz o homem, Zé Fernandes?

Eu considerava o cofre, ainda esgazeado.

– Eu sei! Cubos diabólicos, espaços mágicos, toda a sorte de horrores...

Senti dentro o sorriso superior de Jacinto:

– Ah, é o Coronel Dorchas... Lições de metafísica. Positiva sobre a quarta dimensão... Conjeturas, uma maçada! Ouve lá, tu hoje jantas comigo e com uns amigos, Zé Fernandes?

– Não, Jacinto... Estou ainda enfardelado pelo alfaiate da serra!

E voltei ao gabinete mostrar ao meu camarada o jaquetão de flanela grossa, a gravata de pintinhas escarlates, com que ao domingo, em Guiães, visitava o Senhor. Mas Jacinto afirmou que esta simplicidade montesina interessaria os seus convidados, que eram dois artistas... Quem? O autor do Coração Triplo, um psicólogo feminista, de agudeza transcendente, Mestre muito experimentado e muito consultado em ciências sentimentais; e Vorcan, um pintor mítico, que interpretara etereamente, havia um ano, a simbolia rapsódica do cerco de Troia, numa vasta composição, *Helena Devastadora*...

Eu coçava a barba:

– Não, Jacinto, não... Eu venho de Guiães, das serras; preciso entrar em toda esta civilização, lentamente, com cautela, se não rebento. Logo na mesma tarde a eletricidade, e o *conferençofone*, e os espaços hipermágicos e o feminista, e o etéreo, e a simbolia devastadora, é excessivo! Volto amanhã.

Jacinto dobrava vagarosamente a sua carta, onde metera sem rebuço (como convinha à nossa fraternidade) duas violetas brancas tiradas do ramo que lhe floria o peito.

– Amanhã, Zé Fernandes, tu vens do almoço, com as tuas malas dentro de um fiacre, para te instalares no 202, no teu quarto. No hotel são embaraços, privações. Aqui tens o telefone, o teatrofone, livros...

Aceitei logo, com simplicidade. E Jacinto, embocando um tubo acústico, murmurou:

– Grilo!

Da parede, recoberta de damasco, que subitamente e sem rumor se fendeu, surgiu o seu velho escudeiro (aquele moleque que viera com D. *Galião*), que eu me alegrei de encontrar tão rijo, mais negro, reluzente e venerável na sua tesa gravata, no seu colete branco de botões de ouro. Ele também estimou ver de novo "o *siô* Fernandes". E, quando soube que eu ocuparia o quarto do avô Jacinto, teve um claro sorriso de preto, em que envolveu o seu senhor, no contentamento de o sentir enfim reprovido de uma família.

– Grilo, dizia Jacinto, esta carta a *Madame* de Oriol... Escuta! Telefona para a casa dos Trèves que os espiritistas só estão livres no domingo... Escuta! Eu tomo uma ducha antes de jantar, tépida, a 17. Fricção com malva-rosa.

E caindo pesadamente para cima do divã, com um bocejo arrastado e vago:

– Pois é verdade, meu Zé Fernandes, aqui estamos, como há sete anos, neste velho Paris...

Mas eu não me arredava da mesa, no desejo de completar a minha iniciação:

– Oh, Jacinto, para que servem todos esses instrumentozinhos? Houve já ali um desavergonhado que me picou. Parecem perversos... São úteis?

Jacinto esboçou, com languidez, um gesto que os sublimava.

– Providenciais, meu filho, absolutamente providenciais, pela simplificação que dão ao trabalho. Assim... E apontou. Este arrancava as penas velhas; o outro numerava rapidamente as páginas de um manuscrito; aqueloutro, além, raspava emendas... E ainda os havia para colar estampilhas, imprimir datas, derreter lacres, cintar documentos...

— Mas com efeito, acrescentou, é uma seca. Com as molas, com os bicos, às vezes magoam, ferem... Já me sucedeu inutilizar cartas por as ter sujado com dedadas de sangue. É uma maçada!

Então, como o meu amigo espreitara novamente o relógio monumental, não lhe quis retardar a consolação da ducha e da malva-rosa.

— Bem, Jacinto, já te revi, já me contentei... Agora até amanhã, com as malas.

— Que diabo, Zé Fernandes, espera um momento... Vamos pela sala de jantar. Talvez te tentes!

E, através da biblioteca, penetramos na sala de jantar, – que me encantou pelo seu luxo sereno e fresco. Uma madeira branca, laçada, mais lustrosa e macia que cetim, revestia as paredes, encaixilhando medalhões de damasco cor de morango, morango muito maduro e esmagado; os aparadores, discretamente lavrados em florões e rocalhas, resplandeciam com a mesma laca nevada; e damascos amorangados estofavam também as cadeiras, brancas, muito amplas, feitas para a lentidão de gulas intelectuais.

— Viva o meu *Príncipe*! Sim Senhor... Eis aqui um comedouro muito compreensível e muito repousante, Jacinto!

— Então janta, homem!

Mas já eu me começava a inquietar, reparando que a cada talher correspondiam seis garfos, e todos de feitios astuciosos. E mais me impressionei quando Jacinto me desvendou que um era para as ostras, outro para o peixe, outro para as carnes, outro para os legumes, outro para as frutas, outro para o queijo! Simultaneamente; com uma sobriedade que louvaria Salomão, só dois copos, para dois vinhos: um Bordéus rosado em infusas de cristal, e *Champagne* gelando dentro de baldes de prata. Todo um aparador porém vergava sob o luxo redundante, quase assustador de águas – águas oxigenadas, águas carbonatadas, águas fosfatadas, águas esterilizadas, águas de sais, outras ainda, em garrafas bojudas, com tratados terapêuticos impressos em rótulos.

— Santíssimo nome de Deus, Jacinto! Então és ainda o mesmo tremendo bebedor de água, hem?... *Un aquatico*, como dizia o nosso poeta chileno, que andava a traduzir Klopstock.

Ele derramou, por sobre toda aquela garrafaria encarapuçada em metal, um olhar desconsolado:

– Não... É por causa das águas da cidade, contaminadas, atulhadas de micróbios... Mas ainda não encontrei uma boa água que me convenha, que me satisfaça... Até sofro sede.

Desejei então conhecer o jantar do psicólogo e do simbolista – traçado, ao lado dos talheres, em tinta vermelha, sobre lâminas e marfim. Começava honradamente por ostras clássicas, de Marennes. Depois aparecia uma sopa de alcachofras e ovas de carpa...

– É bom?

Jacinto encolheu desinteressadamente os ombros:

– Sim... Eu não tenho nunca apetite, já há tempos... – já há anos.

Do outro prato só compreendi que continha frangos e túberas. Depois saboreariam aqueles senhores um filé de veado, macerado em xerez, com geleia de noz. E por sobremesa simplesmente laranjas geladas em éter.

– Com éter, Jacinto?

O meu amigo hesitou, esboçou com os dedos a ondulação de um aroma que se evola.

– É novo... Parece que o éter desenvolve, faz aflorar a alma das frutas...

Curvei a cabeça ignara, murmurei nas minhas profundidades:

– Eis a civilização!

E, descendo os Campos Elíseos, encolhido no paletó, a cogitar neste prato simbólico, considerava a rudeza e atolado atraso da minha Guiães, onde desde séculos a alma das laranjas permanece ignorada e desaproveitada dentro de gomos sumarentos, por todos aqueles pomares que ensombram e perfumam o vale, da Roqueirinha a Sandofim! Agora porém, bendito Deus, na convivência de um tão grande iniciado como Jacinto, eu compreenderia todas as finuras e todos os poderes da civilização.

E (melhor ainda para a minha ternura) contemplaria a raridade de um homem que, concebendo uma ideia da vida, a realiza – e através dela e por ela recolhe a felicidade perfeita.

Bem se afirmara este Jacinto, na verdade, como *Príncipe da Grã-Ventura*!

(Queirós, 2009)

MÓDULO 1 - GLOBALIZAÇÃO, CIVILIZAÇÃO, CIDADE E CAMPO

Sequência didática

Aspectos da língua portuguesa

Aula 1
Primeira aproximação com o texto e com o tema enfocado por este

Objetivos específicos da aula

- Apresentar o tema e mobilizar os conhecimentos prévios dos alunos;
- Compreender o texto e seu vocabulário;
- Verificar as características de estilo da obra comparando-as com as características gerais do estilo de época;
- Entender o que é e como se realiza um resumo.

Sequência de conteúdos

- Entendimento de texto e vocabulário;
- Discussão de estilo;
- Construção de um resumo.

Orientação aos professores

1. Destacamos no texto selecionado dois assuntos, um central e outro complementar. O tema central é o papel das tecnologias de comunicação na configuração da "civilização", como entendida por Jacinto (ou seja, a sociedade "globalizada" da Paris de fins do século XIX). O tema secundário são as consequências nefastas do progresso "urbano": a contaminação da água.

2. Um resumo é uma *exposição sintética*, isto é, condensada, feita em poucas palavras, de um texto. Implica, portanto, em uma seleção de conteúdos do texto original que são reunidos de uma nova forma. Ou seja, o resumo é um texto novo, construído a partir da articulação das ideias selecionadas, e não um elenco de tópicos ou frases desconectadas;

Dessa forma, o resumo deve apresentar (o que não significa explicar) todas as *ideias centrais* e *temas essenciais* tratados. As ideias centrais são aquelas que correspondem à essência (o cerne, o indispensável) do texto, ou seja, aqueles conteúdos (informações, argumentos e opiniões) sem os quais o texto perde o sentido geral. São, em outras palavras, as ideias que configuram a estrutura lógica fundamental do texto, diferenciando-se daquelas partes (como, em geral, os exemplos) que vêm complementar a discussão dos temas centrais, mas sempre em função deles. É claro que, notadamente nas obras mais extensas, os temas centrais podem estar desdobrados em diversas formulações. É preciso, neste caso, identificar-lhes a essência comum.

Vejamos um exemplo breve, a partir do texto em referência:

"Recém-chegado a Paris, o português José Fernandes encontra seu antigo amigo Jacinto, na mansão deste, luxuosa e dotada de todas as facilidades técnicas e amenidades da época. Fernandes admira-se com os diversos artefatos e mecanismos, mas particularmente com a enorme biblioteca: "– Eis a civilização!". No entanto, inquieta-lhe o estado físico, aparentemente debilitado, do amigo, e percebe que este se encontra sem ânimo. Fernandes toma contato com outras novidades tecnológicas da época, como o telefone, o telégrafo e o "conferençofone", e verifica a grande variedade de temas dos livros, da filosofia às ciências naturais, passando pela economia, história, poesia, todos, enfim, "decerto essenciais a uma cultura humana". Após ter recebido a garantia de Jacinto de que todos os diversos pequenos instrumentos que observara sobre uma mesa eram "providenciais, pela simplificação que dão ao trabalho", Fernandes conhece e admira-se também com a sofisticação da sala de jantar da mansão e dos cardápios, bem como a variedade de tipos de águas engarrafadas (necessárias, segundo o anfitrião, pela baixa qualidade das águas abastecidas na cidade). Um tanto desnorteado pelas novidades, e apesar dos apelos do amigo para que ficasse para o jantar, Fernandes prefere voltar a seu hotel, de onde retornaria para hospedar-se na mansão no dia seguinte. E segue levando a impressão que o venturoso Jacinto, no período em que Fernandes estivera afastado, havia desenvolvido "todas as finuras e todos os poderes da civilização".

Por um lado, deve ser ressaltado que <u>resumir não é interpretar</u>. Devemos ser fiéis ao pensamento do autor, bem como respeitar a ordem geral das ideias no texto (sua concatenação). Em síntese, o objetivo do resumo é apresentar uma visão geral e completa dos aspectos essenciais do texto.

Por outro lado, o tamanho do resumo pode ser definido: (a) em função de dimensões previamente dadas (como no exemplo acima); (b) em função do tamanho original do texto. Em qualquer das formas, o que resulta é uma adequação entre um espaço razoável e um grau de síntese que lhe corresponda.

Orientações didáticas (metodologia de ensino)

1. Convém realizar aqui o mesmo trabalho inicial de todos os módulos, referente à compreensão de texto e pesquisa vocabular. Além disso, no caso específico deste módulo (em que o trabalho com a obra é desdobrado em várias unidades), para cada texto também é interessante realizar o trabalho de verificação dos elementos de estilo que já foram discutidos anteriormente, o que possibilita retomar, consolidar e ampliar tal conhecimento.

2. O texto selecionado, relativamente longo e correspondendo a um capítulo inteiro do livro, presta-se bem a uma tarefa: a elaboração do resumo. Tal atividade tem uma dupla função: por um lado, trabalhar a técnica e a habilidade de resumir um texto; por outro, a partir do resumo efetuado, verificar a compreensão dos pontos fundamentais, ou seja, da essência do texto, que deve ter sido captada e sintetizada pelos alunos.

3. Cabe ao professor a explicação da natureza do resumo e a apresentação de suas características, bem como orientar sua elaboração (trabalhando com a técnica de *esquematização* prévia, por exemplo [Köche et al., 2006, p. 87 e ss.]), mas deixando ao critério dos estudantes a seleção das ideias centrais e a produção do texto final. A atividade deve ser feita individualmente, mas é interessante a apresentação oral e discussão coletiva dos trabalhos realizados.

Avaliação

A apresentação coletiva dos resumos (recomenda-se que os textos produzidos sejam projetados) permite a participação crítica dos alunos, supervisionada e incentivada pelo professor, no sentido da averiguação do que "faltou" e do que "sobrou" nos textos, ou seja, se as ideias centrais foram identificadas e expressas adequadamente. Além disso, possibilita-se por esta atividade a discussão de inúmeros aspectos gramaticais e de estilo que, invariavelmente, aparecerão nos textos produzidos. Por fim, sugere-se que os textos sejam refeitos após a discussão, incorporando-se as sugestões e comentários.

Aspectos do conhecimento histórico

Como foi visto, em fins do século XIX a Europa passava por um momento de intenso desenvolvimento civilizatório, que se refletia em mudanças importantes na forma como os sujeitos viam ao mundo e a si mesmos. Tais transformações, no entanto, não ficaram restritas ao contexto europeu. Pelo contrário, tratou-se de um fenômeno que, conquanto de formas qualitativamente diferenciadas, se disseminou e afetou de uma ou outra forma, por diversas razões e por diversos meios, a maior parte do mundo. Daí a referência a ele como "primeira globalização", um termo retrospectivo que procura indicar um paralelo entre o contexto histórico daquela época e a atualidade.

Isto é possível porque podemos identificar "naquela" globalização elementos e características plenamente comparáveis, qualitativa e mesmo quantitativamente, ao fenômeno da globalização que vemos nos dias de hoje. Dentre tais características estão o progresso técnico-científico (representado pela proliferação de novas tecnologias, notadamente no campo das comunicações), na disseminação de informações e bens materiais, do consumo de bens supérfluos (que acompanha a sofisticação de hábitos) e, ainda, até de desequilíbrios ambientais. Ainda, porque tais transformações associam-se, ambas, a realidades econômicas que "alavancaram" ritmos de progresso diferenciados no contexto do modo de produção capitalista: a "segunda" e a "terceira" revoluções industriais.

aula 1
A "primeira globalização" e a globalização contemporânea

Objetivos específicos da aula
- Compreender o conceito de globalização;
- Comparar as características da "primeira globalização" com a globalização contemporânea.

Módulo 1 - Globalização, civilização, cidade e campo

Sequência de conteúdos
- A "primeira globalização" e a Segunda Revolução Industrial;
- A globalização contemporânea e a Revolução Informacional.

Orientação aos professores

Giddens (2004, p. 51) destaca que o conceito de "globalização" tem sido amplamente utilizado, nos últimos anos, nos campos dos negócios, da política e dos meios de comunicação, a ponto de se tornar de uso generalizado. Acrescentamos que certamente sua incorporação nos estudos acadêmicos e sua introdução no currículo escolar, nas aulas de história contemporânea e geografia, contribuiu para essa disseminação. Para o autor citado, "por globalização entendemos o fato de vivermos cada vez mais num *único mundo*, pois os indivíduos, os grupos e as nações tornaram-se mais *interdependentes*". A globalização é um fenômeno econômico, incluindo-se aí a atuação das empresas transnacionais, cujas operações atravessam as fronteiras dos países, influenciando assim os processos globais de produção e distribuição internacional do trabalho, e também a integração eletrônica dos mercados financeiros e o grande volume de transação de capitais em nível global, além do aumento quantitativo e qualitativo do comércio internacional. Todavia, a globalização é, na verdade, o resultado de um conjunto de fatores econômicos, políticos, sociais e culturais, sendo seu progresso devido, sobretudo, ao desenvolvimento das tecnologias de informação e comunicação, que intensificaram a velocidade e a extensão das relações entre os povos do mundo inteiro.

Orientações didáticas (metodologia de ensino)

1. Mobilizar os conhecimentos prévios dos alunos acerca do fenômeno da globalização, solicitando exemplos: o que o caracteriza? Cabe ao professor mediar a discussão das ideias apresentadas e sistematizá-las.

   Os estudantes brasileiros, hoje, vivem em uma sociedade "globalizada" (conquanto afetados por tal situação de formas diferenciadas). Já há algum tempo, e hoje de forma muito acentuada, vêm-se incorporando ao cotidiano tecnologias novas (notadamente de informação) e uma grande diversidade de bens materiais e culturais provenientes das mais diversas partes do mundo.

MÓDULO 1 - GLOBALIZAÇÃO, CIVILIZAÇÃO, CIDADE E CAMPO

Esta, no entanto, não era a realidade de há uma geração.

O que se sugere é que os estudantes pesquisem, no âmbito familiar, acerca das diferenças do modo de vida de seus pais e avós (ou outras pessoas próximas de gerações equivalentes), partindo de suas próprias realidades: não havia internet? nem computador? MP3? CD? Os tênis não eram feitos na China?... Os resultados dessa "investigação familiar" devem ser apresentados coletivamente. Esta atividade permitirá aos alunos refletirem sobre a particularidade de suas próprias "situações históricas", bem como sobre a transitoriedade da realidade vivida.

2. Apresentando aos alunos o pressuposto de que a época retratada pela obra corresponderia a um período de "globalização" (como de fato consideram vários estudiosos), solicitar que os alunos procurem no texto os elementos que confirmem ou neguem a hipótese inicial.

   Sugere-se, então, voltar ao texto, propondo-se que os alunos (que podem estar organizados em pequenas equipes) levantem as características e elementos da vida cotidiana de Jacinto que caracterizem a "sua" época globalizada: as tecnologias, os meios de comunicação, os produtos consumidos e suas proveniências, a natureza das informações e das ideias discutidas...

3. Comparar as características "globalizantes" encontradas no texto (que devem ser expostas pelos alunos e sistematizadas coletivamente pelo professor) com as características anteriormente levantadas da globalização atual.

   Os alunos deverão realizar uma tabela de duas colunas em que, na primeira, listem tais elementos e, na segunda, indiquem seus "equivalentes" atuais. A partir desse quadro será possível a eles formularem um enunciado em que definam as características comuns compartilhadas das duas épocas e, portanto, cheguem ao conceito de "globalização". Os enunciados produzidos devem ser apresentados coletivamente, de forma que o professor possa sistematizá-los e chegar, com a colaboração dos alunos, a uma definição consensual.

   É possível ao professor, no bojo dessa atividade, aprofundar a discussão sobre o tema, buscando evidenciar a fundamentação econômica do fenômeno estudado, ou seja, destacando as modificações nos processos produtivos como impulsionadoras das transformações sociais verificadas.

Avaliação

O tema da globalização se presta sobremaneira a atividades que desenvolvam a capacidade crítica dos estudantes. A organização de debates sobre temas polêmicos, em que a classe se divide em dois grupos, um partidário e outro contestador da "globalização", é uma proposta interessante. Assim, pode-se canalizar as energias típicas da faixa etária para uma atividade "política", que propicia, ao mesmo tempo, a pesquisa de informações necessárias para a defesa dos argumentos (a partir do texto literário e de outras fontes atuais, o trabalho do raciocínio lógico na construção dos mesmos e o trabalho com a expressão oral e, por outro lado, a prática do trabalho coletivo e colaborativo e o respeito à diversidade de ideias e posicionamentos divergentes.

> O livro *Sociologia* (2004), de Anthony Giddens, no capítulo "Um mundo em mudança", é particularmente interessante para referenciar o professor neste tipo de atividade.

Aspectos do conhecimento geográfico

Um dos efeitos mais marcantes do fenômeno de globalização, tanto da "primeira" quanto da que vivemos hoje, é uma reconfiguração acentuada do espaço geográfico. Não, obviamente, que o espaço físico em si tenha se alterado, mas que suas funções e o modo como é utilizado, percorrido, visto e representado, são diferentes.

A princípio, poderia ser afirmado que o texto estudado nesta unidade não tem uma *geograficidade* "explícita". No entanto, uma análise mais cuidadosa logo revelará que aquilo que se descreve no interior do "202", a mansão de Jacinto nos *Champs-Élysées*, representa na verdade um microcosmo, como que uma amostra de uma realidade maior, em que se evidenciam os fatores que determinam sua organização espacial: os "objetos técnicos". Nesse sentido, Jacinto, e agora Zé Fernandes, estão "imersos" em um meio em que a vida é articulada como espaços de relação dispostos em função desses elementos que intermedeiam suas relações entre si e com os outros. Raciocinando-se geograficamente, podemos "mudar de escala" e estender o "microcosmo do 202" às relações societárias que configuram o espaço da cidade, da região, do país, do continente e do mundo...

Aula 1
A primeira "globalização"

Objetivo específico da aula

- Entender os conceitos de *meio técnico-científico-informacional*, *aldeia global* e *fábrica global*, verificando a possibilidade de sua aplicação à época retratada pela obra.

Sequência de conteúdos

- O conceito de *meio técnico-científico-informacional*;
- Os conceitos de *aldeia global* e *fábrica global*.

Orientação aos professores

Para Santos (1996, p. 122-123), a fase atual da história da humanidade, que se marca pela revolução científico-técnica, é frequentemente chamada de período técnico-científico. Nesse contexto, se em fases anteriores as atividades humanas dependeram da técnica e da ciência, o que ocorre recentemente é a interdependência da ciência e da técnica em todos os aspectos da vida social, situação que se verifica em todas as partes do mundo e em todos os países (ainda que em diferentes proporções), de forma que o próprio espaço geográfico pode ser chamado de *meio técnico-científico*. Isto indica que, em territórios cada vez mais vastos, a construção ou reconstrução do espaço se dá com um crescente conteúdo de ciência e de técnicas.

Para o autor citado, as marcas dessa nova fase são a multinacionalização das firmas e a internacionalização da produção, a generalização do fenômeno do crédito e a forte "economização" da vida social, os novos papéis do Estado, a intensificação da circulação (tornada fator essencial de acumulação de capital) e, enfim, a grande revolução da informação, que liga instantaneamente os lugares, graças aos progressos da informática. Desse modo, os objetos geográficos, cujo conjunto define o território, são a cada dia mais "carregados de informação", configurando-se, então, um *meio técnico-científico-informacional*.

Conforme Octavio Ianni (1996, p.91 e ss.), dentre as diversas "metáforas" e expressões descritivas e interpretativas existentes sobre o fenômeno da globalização destacam-se as noções de *aldeia global* e *fábrica global*. Na aldeia global, em função da eletrônica, além das mercadorias convencionais, também as informações, os entretenimentos e as ideias são fabricadas e vendidas como mercadorias e comercializadas em escala mundial. Já a noção de fábrica global sugere uma transformação quantitativa e qualitativa do capitalismo que, ultrapassando todos os tipos de fronteiras, articula capital, tecnologia, força de trabalho e divisão do trabalho social e outras forças produtivas a fim de subsumir outras formas de organização social e técnica do trabalho, da produção e da reprodução ampliada do capital. Assim, as economias nacionais tornam-se províncias da economia global, e o modo capitalista de produção entra em uma "época propriamente global".

Orientações didáticas (metodologia de ensino)

Uma vez que se buscou, ao longo da lição, a comparação entre dois momentos de "globalização", é interessante para a verificação da validade e abrangência de certas ideias e conceitos propostos atualmente, de forte cunho geográfico, em termos de sua aplicação à época tratada no texto. Entre esses conceitos temos os de *meio técnico científico-informacional, aldeia global* e *fábrica global*. Tendo o professor exposto o que significam, sugere-se que os alunos produzam um texto no qual argumentem sobre tal aplicabilidade ao contexto do fim do século XIX.

O professor deve inicialmente expor e debater com os alunos os conceitos contemporâneos de *meio técnico-científico-informacional, aldeia global* e *fábrica global*, identificando suas características fundamentais.

A seguir, os alunos deverão, trabalhando em equipes, voltar ao texto e verificar as características do "microcosmo do 202" que aí caracterizem, ou não, a existência de um "meio técnico-científico...", uma "aldeia global" e de uma "fábrica global". Sugere-se que, do texto, sejam retirados elementos que correspondam ou se diferenciem das definições propostas.

As observações dos alunos devem ser apresentadas coletivamente, cabendo ao professor a coordenação do debate e síntese das conclusões. Esta atividade propicia também, interdisciplinarmente, o trabalho com a noção de *anacronismo*, mais especificamente alertando os estudantes para as cautelas que se deve ter ao estudar o passado por meio de conceitos e categorias atuais.

Avaliação

Os alunos devem, em equipes, procurar exemplos de situações, espacialmente definidas (ou seja, localizadas), em que possam ver identificadas as características de um meio técnico-científico-informacional. Ou seja, os estudantes devem verificar a presença, em certo território, de objetos geográficos – tudo aquilo que tem existência espacial – que indiquem, por sua presença, disposição, quantidade e suas qualidades, conteúdos de técnica, ciência e informação.

Para tanto, podem ser utilizadas descrições (a partir de reportagens jornalísticas, por exemplo) ou fotografias (de modo que os objetos geográficos possam ser identificados na paisagem), para se construir um texto em que sejam expostas as características do meio estudado e seu conteúdo "técnico-científico-informacional".

Texto-base da Unidade 3

Excerto do Capítulo 4 de A Cidade e as Serras, em que se trata da participação de Jacinto na Companhia das Esmeraldas da Birmânia.

Assim ele suplicava, encostado à estante, às lombadas dos santos padres. E eu abalei, vendo ao fundo da biblioteca Jacinto que se debatia e se recusava entre dois homens.

Eram os dois homens de *Madame* de Trèves – o marido, Conde de Trèves descendente dos reis de Cândia, e o amante, o terrível banqueiro Judeu, Davi Efraim. E tão enfronhadamente assaltavam o meu *Príncipe* que nem me reconheceram, ambos num aperto de mão mole e vago me trataram por "caro conde"! Num relance, rebuscando charutos sobre a mesa de limoeiro, compreendi que se tramava a Companhia das Esmeraldas da Birmânia, medonha empresa em que cintilavam milhões, e para que os dois confederados de bolsa e de alcova, desde o começo do ano, pediam o nome, a influência, o dinheiro de Jacinto. Ele resistira, num enfado dos negócios, desconfiado daquelas esmeraldas soterradas num vale da Ásia. E agora o Conde de Trèves, um homem esgrouviado, de face rechupada, eriçada de barba rala, sob uma fronte rotunda e amarela como um melão, assegurava ao meu pobre Príncipe que no prospecto já preparado, demonstrando a grandeza do negócio, perpassava um fulgor das *Mil e Uma Noites*. Mas sobretudo aquela escavação de esmeraldas convidava todo o espírito culto pela sua ação civilizadora. Era uma corrente de ideias ocidentais, invadindo, educando a Birmânia. Ele aceitara a direção por patriotismo...

– De resto é um negócio de joias, de arte, de progresso, que deve ser feito, num mundo superior, entre amigos...

E do outro o terrível Efraim, passando a mão curta e gorda sobre a sua bela barba, mais frisada e negra que a de um rei assírio, afiançava o triunfo da empresa pelas grossas forças que nela entravam, os Nagayers, os Bolsans, os Saccart...

Jacinto franzia o nariz, enervado:

– Mas, ao menos, estão feitos os estudos? Já se provou que há esmeraldas?

Tanta ingenuidade exasperou Efraim:

– Esmeraldas! Está claro que há esmeraldas!... Há sempre esmeraldas desde que haja acionistas! (Queirós, 2009)

Sequência didática

Aspectos da língua portuguesa

Aula 1
Aproximação do texto

Objetivos específicos da aula

- Apresentação do tema e mobilização dos conhecimentos prévios dos alunos;
- Compreensão do texto e vocabulário;
- Verificar as características de estilo da obra comparando-as com as características gerais do estilo de época;
- Construir um texto com o uso de citações.

Sequência de conteúdos

- Trabalho de entendimento de texto e vocabulário;
- Construção de um texto expositivo de outro discurso com o uso de citações.

Orientação aos professores

Fazer uma citação, ou simplesmente *citar*, significa usar das ideias de outro autor (de outro discurso) para construirmos um novo discurso (um novo texto, um novo enunciado). Expor um pensamento, ou seja, as ideias presentes em um texto, é uma importante habilidade que pode ser concretizada por meio de duas estratégias:

(a) Recontar o texto em outras palavras, conservando seu sentido (isto é, realizar uma *paráfrase*), é uma atividade que possibilita, ao mesmo tempo, verificar a compreensão do texto (trabalhando-se a habilidade de leitura) e possibilitar a criação de um novo discurso (habilidade da escrita). É o que se chama *citação indireta* de outro discurso.

(b) Transcrever literalmente (ao "pé-da-letra") as palavras do discurso original. Isto é feito, em geral, para pequenas passagens do texto que sejam, por suas qualidades ou efeito, dificilmente "contadas" de outra forma sem que perca algo de sua expressão ou de seu sentido. Cuida-se, neste caso (que é chamado de citação direta ou literal), de destacar o texto citado (em geral colocando-o entre aspas), diferenciando-o do novo texto produzido.

Enfim, a primeira função da citação é expor um pensamento (ou seja, "referir-se a um discurso"), para apresentá-lo de forma compreensível ao leitor, nos aspectos que são de interesse ao desenvolvimento de nosso próprio discurso. Dessa maneira, seja em que forma for, a fidelidade ao pensamento original é imprescindível. Sobre este aspecto, ressalta-se o cuidado que se deve ter com a utilização de frases descoladas do contexto original em que se inseriam.

A exposição do pensamento desse autor poderá servir:

(a) para sintetizar tal pensamento;
(b) para a exemplificação de aspectos que estejamos discutindo;

(c) para fornecer argumentos para sustentar nossas posições;
(d) para propiciar uma interpretação geral desse pensamento.

Orientações didáticas (metodologia de ensino)

1. Cabe iniciar a atividade, em se tratando de texto novo, com os procedimentos já apresentados de compreensão de texto e levantamento vocabular, bem como de revisitar a questão dos elementos de estilo.
2. O professor deverá explicar a atividade a ser desenvolvida e seus objetivos, esclarecendo as características do texto parafraseado e da citação literal, bem como orientando os alunos sobre o procedimento a ser adotado. Recomenda-se, em primeiro lugar, a diferenciação dos trechos a serem reescritos e aqueles que serão citados literalmente. Cabe também salientar que deverá haver um encadeamento entre as duas modalidades de textos citados, a fim de propiciar-se uma *continuidade* de leitura entre eles, o que deve ser feito com o uso de *elos coesivos* apropriados.
3. A atividade deve ser realizada individualmente.

Avaliação

Trocar os textos produzidos, de modo que cada aluno possa analisar a produção de um colega, é uma forma interessante de mostrar ao aluno, em primeiro lugar, a possibilidade de formas de parafrasear e citar diferentes daquela produzida por ele mesmo. Os alunos poderão, então, receber os textos comentados pelos colegas e refazê-los, aceitando as contribuições ou, em caso negativo, justificando de forma argumentativa. O conjunto do trabalho realizado (primeiro texto produzido, comentário e texto refeito) deve ser analisado pelo professor e devolvido aos alunos, com as correções gramaticais e orientações de estilo que couberem. Desta forma, o professor poderá avaliar tanto o desenvolvimento, pelos alunos, das habilidades objetivadas, decidindo pela necessidade ou não de aprofundar o trabalho. É interessante, como finalização da atividade, que o professor selecione alguns textos que se destacaram, pela coesão, criatividade ou outra qualidade, apresentando-os e discutindo-os coletivamente.

Aspectos do conhecimento histórico

Uma das particularidades do momento histórico tratado em *A Cidade e as Serras* refere-se à questão do imperialismo, ou melhor, da intensificação desse fenômeno que, expressando-se desta ou daquela maneira, têm sua gênese histórica intimamente ligada ao caráter expansionista do sistema econômico capitalista desde seus primórdios. O que se ressalta aqui é que a expansão europeia, iniciada a partir das grandes navegações dos séculos XV e XVI, responsável pela colonização das Américas e da Oceania, pela organização do antigo sistema colonial e pela exploração comercial da África e da Ásia; adquire no século XIX um fôlego novo, a ponto de resultar, no fim do século, numa "corrida" por colônias, no contexto de uma acirrada disputa interimperialista. Tal "aceleração" do fenômeno colonial tem relação direta com as vantagens econômicas e tecnológicas decorrentes do desenvolvimento do capitalismo industrial, e que implicaram que as nações europeias (e mais tarde também os Estados Unidos e o Japão), mesmo agindo separadamente e competindo entre si, subjugassem a maior parte do mundo.

Aula 1
O Imperialismo: "fase superior do capitalismo" (ou não?)

Objetivos específicos da aula
- Entender o conceito de imperialismo;
- Entender a relação entre os interesses econômicos e a dominação política do mundo pelas potências colonialistas.

Sequência de conteúdos
- A relação entre a expansão colonialista do século XIX e o desenvolvimento do capitalismo;
- As formas de expansão colonial e suas justificativas ideológicas.

Orientação aos professores

Peloggia (2004, p. 1-2) lembra os aspectos essenciais do imperialismo "clássico", conforme expressos por Lênin: concentração da produção e do capital, fusão do capital bancário e do capital industrial, exportação de capitais, formação de uniões internacionais monopolistas e a partilha territorial do globo entre as maiores potências capitalistas. Para Peloggia, o que caracteriza o fenômeno imperialista é, portanto, uma relação histórica particular entre uma dimensão *transnacional* (representada na esfera econômica pelas inversões de capitais no estrangeiro) e uma dimensão *internacional* associada (representada na esfera política pela atuação dos Estados-nação na proteção dos interesses capitalistas além-fronteiras). Quanto ao último aspecto destacado por Lênin, de cunho mais especificamente geopolítico, pode-se entender o imperialismo como o comportamento de um Estado que tende a impor sua soberania a outros Estados ou territórios, ou seja, uma "fome de territórios".

Segundo Magdoff (1979, p. 38 e ss.), o fenômeno do "novo imperialismo" tem causas econômicas fundamentais ligadas ao sistema capitalista: na visão de Hobson, serviria aos interesses financeiros de certos grupos capitalistas, e poderia ser eliminado por reformas sociais sem destruir-se o sistema (o que exigiria que se restringissem os lucros das classes cujos interesses fossem estreitamente vinculados ao imperialismo). Já para Lênin, o imperialismo estaria tão profundamente integrado na estrutura e funcionamento normal do capitalismo avançado que somente seria possível sua derrubada por meio da revolução.

Orientações didáticas (metodologia de ensino)

1. Algumas questões motivadoras sobre o tema da aula podem ser buscadas na vivência e nos conhecimentos prévios dos alunos. O aluno sabe o que significa a sigla HSBC (o banco)? Por que um banco britânico tem o nome *Hong Kong and Shangai Bank Corporation*? O que nomes como Império Britânico, Dr. Livingstone, Indochina e Kipling (o escritor... ou a "grife" de bolsas?) representam para o aluno? Fazer estes tipos de indagações, ao mesmo tempo que mobilizam conhecimentos prévios, permite ao professor mostrar algumas

MÓDULO 1 - GLOBALIZAÇÃO, CIVILIZAÇÃO, CIDADE E CAMPO

"heranças" históricas que permanecem, em nossos dias, dos tempos em que a Europa dominava o mundo.

2. Como esta aula se baseia em um texto curto, o professor pode orientar os alunos em sua análise a partir de questionamentos convenientemente colocados, a fim de possibilitar que eles cheguem às próprias conclusões:

   – Qual o interesse dos "homens da Madame de Trèves" para com Jacinto?
   – O que eles são? Que interesses representam?
   – O que é a "Companhia das Esmeraldas da Birmânia"? Ela tem alguma coisa de birmanês?
   – Quais os argumentos empregados para convencer Jacinto a investir na Companhia? São somente de natureza econômica?
   – Que tipo de concepção se encontra por trás desses argumentos?
   – Por que a questão de haver ou não esmeraldas de fato é desprezada pelo banqueiro?

3. Tendo sido feito o debate coletivo dessas questões, o professor solicitará que os alunos, individualmente, enunciem suas conclusões sobre os temas: (1) a relação entre a expansão neocolonialista europeia e os interesses do capital; (2) o "caráter civilizatório" do capitalismo.

Avaliação

1. O cinema, assim como a literatura, é uma ferramenta didática de grande valor no ensino de conhecimentos históricos e geográficos. Não há razão, enfim, para não os utilizarmos conjuntamente de forma a potencializarmos as possibilidades e o alcance dos estudos propostos.

   Mais especificamente, a análise de filmes é uma atividade que propicia a mobilização de conceitos que foram discutidos a partir do texto literário, uma vez que os alunos poderão efetivamente realizar um trabalho intertextual, "lendo" o filme a partir dos referenciais do texto e vice-versa. Os resultados dessa reflexão poderão ser concretizados em um texto comparativo, realizado em duplas, e a seguir apresentado para discussão coletiva coordenada pelo professor.

Particularmente interessante para a atividade proposta é o filme *Queimada*, de Gillo Pontecorvo (1969). O filme, ambientado numa ilha fictícia do Caribe, possessão portuguesa, retrata a ação de um agente inglês (William Walker, interpretado por Marlon Brando) que fomenta a revolução pela independência, manipulando astuciosamente os interesses da elite crioula local e a insatisfação da população negra (a maioria escrava), para romper os vínculos com a metrópole (e propiciar à Grã-Bretanha as devidas contrapartidas, é claro...). Durante a trama, Walker vai "didaticamente" expondo seus motivos e a lógica de sua ação, em uma verdadeira "aula prática" de teoria política na qual a lógica do imperialismo é o tema principal.

2. Como temos ressaltado, a proposição de situações que exijam a mobilização dos conceitos construídos a fim de aplicá-los à análise de situações contemporâneas permite boas oportunidades de avaliação do processo de ensino-aprendizagem. O caso da Birmânia (ex-colônia britânica, hoje Mianmá) presta-se a isto de forma interessante, pois se pode estudá-lo na perspectiva da articulação entre tempos históricos de curta, média e longa duração. E isto a partir do noticiário jornalístico, que destacou, recentemente (setembro de 2007), os conflitos em curso nesse antigo país do sudeste asiático, encravado entre a Índia, a China e a Tailândia, em decorrência de uma onda de protestos, envolvendo particularmente monges budistas, contra o regime ditatorial que governa o país há décadas.

Em Mianmá ocorre, na verdade, um movimento multissecular de tentativas de ruptura com outras civilizações. Utilizando a concepção (de Braudel) de que as rupturas e as recusas internas em relação ao elemento estrangeiro são fatores importantes na formação da personalidade das civilizações, propõe-se que os alunos façam um balanço do noticiário do período (em particular o artigo de João Batista Natali, "País traz 22 séculos de budismo ativo", publicado na *Folha de S. Paulo* na edição de 28 de setembro de 2007. Nesse artigo é possível solicitar aos alunos identificarem (também aqui nos inspiramos em Braudel) os *diferentes tempos da história,* bem como reconhecer *itinerários percorridos* pelos sujeitos históricos. No caso, um desses itinerários corresponde às tensões entre as dimensões religiosa e laica. Explicar como isso se conjuga, no artigo estudado, podendo ser um complemento da atividade.

Aspectos do conhecimento geográfico

Uma leitura possível do texto é aquela que nos leva à abordagem geopolítica, ou seja, à compreensão da lógica espacial presente no fenômeno do imperialismo. Esta lógica se configura tanto no estabelecimento dos "impérios coloniais", como espaços de expansão do capitalismo, quanto na expressão espacial das formas de se manter tal dominação, em especial de projeção do poder militar.

Aula 1
A expansão europeia "neocolonialista"

Objetivos específicos da aula
- Entender geograficamente o fenômeno do neocolonialismo;
- Desenvolver a capacidade de interpretá-lo por meio de uma abordagem geopolítica.

Sequência de conteúdos
- A "partilha" da África e da Ásia pelas potências imperiais europeias;
- As formas de exploração neocoloniais.

Orientação aos professores

Escreve Watson (2004) que, no decorrer do século XIX, enquanto e após a maioria dos territórios americanos dependentes da Europa ter se descolonizado, os europeus buscaram outras conquistas – todo o mundo europeu a leste e sul da Europa, as grandes civilizações da Ásia e do Mediterrâneo ou as comunidades mais primitivas da África e da Oceania –, trazendo-os a todos para debaixo da "hegemonia coletiva" das potências europeias. Nesse processo, incorporaram grandes áreas daqueles continentes a seus impérios coloniais separados, enquanto outras áreas, como o Império Otomano e a China, ficaram sob sua responsabilidade "coletiva". O autor citado ressalta que essa importante expansão do sistema europeu, que o levou a cobrir praticamente o mundo inteiro, foi resultado de avanços repentinos e rápidos operados na tecnologia (às vezes chamados de II Revolução Industrial), que aumentaram muito o poder econômico e estratégico dos europeus em relação a comunidades não europeias.

Já conforme Magdoff (1979, p. 34-35), embora haja divergências sobre as razões do recrudescimento das rivalidades coloniais que caracterizaram o "novo imperialismo" (c. 1875–1914), reconhecem-se duas características essenciais desse fenômeno: uma notável escalada na anexação de colônias e o aumento do número de potências coloniais. Quanto ao primeiro aspecto, as anexações durante essa nova fase de crescimento imperial diferiram do expansionismo anterior, mesmo no próprio século XIX, em função de uma explosão de atividade de exploração de áreas até então independentes: a ocupação de quase toda a África, boa parte da Ásia e numerosas ilhas do Pacífico. Além disso, a intensificação do movimento de conquista de colônias, mais do que uma nova onda de atividades no ultramar de potências coloniais tradicionais, marcou-se pela emergência de novas nações na "corrida colonial": Alemanha, Estados Unidos, Bélgica, Itália e Japão.

Orientações didáticas (metodologia de ensino)

Um elemento motivacional interessante pode ser trazer para os alunos algo da representação que os europeus faziam de si e de seu progresso civilizatório, transmutado frequentemente em noções de "superioridade" em relação aos outros povos e civilizações. Ou seja, de algum modo fazê-los "entrar no espírito da época". A marcha "Pompa e Circunstância", de Edward Elgar, ou um poema ou fragmento de texto selecionado de Rudyard Kipling, alcunhado de "poeta do imperialismo", podem ser interessantes (lembremos que Kipling escreve inúmeras histórias de aventuras, tão a gosto dos jovens, ambientadas nas colônias).

Enfim, do texto de Eça podem ser destacados os seguintes aspectos a serem trabalhados:

MÓDULO 1 - GLOBALIZAÇÃO, CIVILIZAÇÃO, CIDADE E CAMPO

1. A localização da Birmânia (hoje, Mianmá): ela ainda existe? Sugere-se uma comparação de mapas (que podem ser obtidos nos atlas históricos):
   – em primeiro lugar, mapas da época em questão, nos quais se verificará onde ficava e a quem "pertencia" a Birmânia e se posicionará tal colônia no contexto da "partilha do mundo", representada pelos "impérios coloniais" europeus; um mapa em escala mundial permitirá a observação da localização das colônias, da extensão dos impérios coloniais e da proporção ocupada por estes, relativamente entre si e também em relação ao "resto do mundo" não dominado;
   – em segundo lugar, do contexto anterior à partilha, para ressaltar-se o ritmo acelerado das transformações geopolíticas observadas;
   – e, finalmente, dos dias atuais, propiciando a visualização do que veio a ser o mundo após a "descolonização".
2. As formas de atuação do colonialismo: o que os europeus buscavam nas colônias?

Avaliação

Um exercício de análise geopolítica "clássica" pode ser proposto como fechamento da discussão e atividade de interesse avaliativo. O objetivo do exercício é compreender a lógica da forma pela qual a Grã-Bretanha estabeleceu seu império colonial e o manteve.

Como se sabe (e pode ser percebido pelo filme *Queimada*, trabalhado na aula de história deste módulo) o imperialismo britânico assentava-se predominantemente no poder naval, entendido como primordial para manter as rotas de comércio e posssibilitar intervenções rápidas onde fosse necessário.

Nesse sentido, os britânicos dominaram, ao longo do mundo, certos pontos considerados altamente estratégicos: Gibraltar, Suez, Singapura, Adem, o Sul da África e mesmo as Malvinas. Deve ser solicitado aos estudantes que, trabalhando em pequenas equipes e de posse de um mapa-múndi e de uma folha de papel transparente:
– representem os territórios coloniais do Império Britânico;
– localizem os locais indicados;

– expliquem a importância estratégica desses locais;
– concluam sobre a lógica presente na expressão geográfica do imperialismo britânico.

Texto-base da Unidade 4

Excerto do Capítulo 5, em que se trata do "mal-estar civilizatório" sofrido por Jacinto.

Uma noite no meu quarto, descalçando as botas, consultei o Grilo:
– Jacinto anda tão murcho, tão corcunda... Que será, Grilo?
O venerando preto declarou com uma certeza imensa:
– Sua Excelência sofre de fartura.

Era fartura! O meu *Príncipe* sentia abafadamente a fartura de Paris; e na cidade, na simbólica cidade, fora de cuja vida culta e forte (como ele outrora gritava, iluminado) o homem do século XIX nunca poderia saborear plenamente a "delícia de viver", ele não encontrava agora forma de vida, espiritual ou social, que o interessasse, lhe valesse o esforço de uma corrida curta numa tipoia fácil. Pobre jacinto! Um jornal velho, setenta vezes relido desde a crônica até os anúncios, com a tinta delida, as dobras roídas, não enfastiaria mais o solitário, que só possuísse na sua solidão esse alimento intelectual, do que o parianismo enfastiava o meu doce camarada! Se eu nesse verão capciosamente o arrastava a um café-concerto, ou ao festivo Pavilhão de Armenoville, o meu bom Jacinto, colado pesadamente à cadeira, com um maravilhoso ramo de orquídeas na casaca, as finas mãos abatidas sobre o castão da bengala, conservava toda a noite uma gravidade tão estafada, que eu, compadecido, me erguia, o libertava, gozando a sua pressa em abalar, a sua fuga de ave solta... Raramente (e então com veemente arranque como quem salta um fosso) descia a um dos seus clubes, ao fundo dos Campos Elíseos. Não se ocupara mais das suas sociedades e companhias, nem dos *Telefones de Constantinopla*, nem das *Religiões Esotéricas*, nem do *Bazar Espiritualista*, cujas cartas fechadas se amontoavam sobre a mesa de ébano, de onde o Grilo as varria tristemente como o lixo de uma vida funda. Também lentamente se despegava de todas as suas convivências. As páginas da agenda cor-de-rosa murcha andavam desafogadas e brancas. E se ainda cediam a um passeio de *mail-coach*, ou a algum convite para algum castelo amigo dos arredores de Paris, era tão arrastadamente, com um esforço tão saturado ao enfiar o paletó leve, que me lembrava sempre um homem, depois de um gordo jantar de província, a estalar que, por polidez ou por obediência a um dogma, devesse ainda comer uma lampreia de ovos! (Queirós, 2009)

Sequência didática

Uma aula transversal

Para o trabalho com este texto, em razão de suas características especiais, propomos uma abordagem diferenciada. Trata-se aqui de considerar a questão da relação entre objetividade e subjetividade como fundamento da construção da *identidade*, da capacidade do sujeito reconhecer-se a si como ente inserido no mundo, seu contexto espaço-temporal. Ou, como no caso de distorções dessa relação derivadas do alheamento, ou seja, da separação do homem de suas características essenciais de humanidade, do surgimento do fenômeno do "mal-estar" civilizatório.

Em *A Cidade e as Serras* Jacinto, um homem privilegiado socialmente nos mais diversos sentidos, ainda assim sofre...

TEMA
O mal-estar civilizatório

Objetivos específicos da aula
- Verificar como a objetividade sócio-histórica, conquanto materialmente satisfatória, pode ainda assim ser alienante e não apresentar ao indivíduo a possibilidade de construção de uma identidade subjetivamente satisfatória.

Sequência de conteúdos
- O mal-estar do indivíduo na sociedade globalizada.

Orientação aos professores

Escreve Antoine de Saint-Éxupery, no livro *Piloto de Guerra*:

"A angústia humana é o produto da perda da verdadeira identidade do homem. Sentei-me à espera dum telegrama que me anunciaria a morte ou a cura. O tempo corre sem emprego útil, e me conserva em suspenso. O tempo cessou de ser uma caudal que me nutre, que me desenvolve, que me recresce como a uma árvore. O homem que serei quando o telegrama chegar mora dentro de mim; move-se em minha direção como um fantasma prestes a fundir-se comigo. E por não saber quem eu sou, fico suspenso em angústia. Más notícias que cheguem e cessará esta sensação do suspenso que tanto me faz sofrer."

Orientações didáticas (metodologia de ensino)

Sugere-se a leitura e discussão coletiva do texto de Eça de Queirós, solicitando aos alunos que expressem suas impressões pessoais sobre o assunto. É possível que muitos deles sintam-se identificados, em maior ou menor grau, com a situação apresentada, em função de compartilharem angústias mais ou menos comparáveis.

A seguir pode ser feita a leitura do texto de Saint-Éxupery, citado acima, procedendo-se a comparação entre eles. Realizado o debate, sugere-se que os alunos, individualmente, construam um texto reflexivo livre em que falem sobre suas próprias angústias ante o mundo e sobre a sua própria identidade.

Avaliação

A autoavaliação é uma ferramenta das mais úteis no processo de ensino-aprendizagem, desde que trabalhada adequadamente. Não se refere à verificação de assimilação de conteúdos ou conceitos, mas presta-se à reflexão do aluno sobre seus próprios caminhos: ao responder sobre "o que eu sabia antes e o que eu sei agora?", ele pode questionar a si mesmo sobre o significado de suas próprias ações e posturas ante o conhecimento e ante os outros, ante o mundo, enfim. Em última análise, estará procurando responder às questões fundamentais que, como descobriu Freud (segundo Kupfer, 2007, p. 78 e ss.), inquietam todo ser humano desde o início: de onde vim? para onde vou? A construção das respostas a tais questionamentos nada mais é do que a própria construção da identidade.

MÓDULO 1 - GLOBALIZAÇÃO, CIVILIZAÇÃO, CIDADE E CAMPO

Texto-base da Unidade 5

Excerto do Capítulo 6, em que se dá conta das contradições sociais da civilização moderna.

E Jacinto, por um impulso bem *jacíntico*, caminhou gulosamente para borda do terraço, a contemplar Paris. Sob o céu cinzento, na planície cinzenta, a cidade jazia, toda cinzenta, como uma vasta camada de caliça e telha. E, na sua imobilidade e na sua mudez, algum rolo de fumo, mais tênue e ralo que o fumear de um escombro mal apagado, era todo o vestígio visível da sua vida magnífica.

Então chasqueei risonhamente o meu *Príncipe*. Aí estava pois a cidade, augusta criação da humanidade! Ei-la aí, belo Jacinto! Sobre a crosta cinzenta da terra – uma camada de caliça, apenas mais cinzenta! No entanto ainda momentos antes a deixáramos prodigiosamente viva, cheia de um povo forte, com todos os seus poderosos órgãos funcionando, abarrotada de riqueza, resplandecente de sapiência, na triunfal plenitude do seu orgulho, como rainha do mundo coroada de graça. E agora eu e o belo Jacinto trepávamos a uma colina, espreitávamos, escutávamos – e de toda a estridente e radiante civilização da cidade não percebíamos nem um rumor nem um lampejo! E o 202, o soberbo 202, com os seus arames, os seus aparelhos, a pompa da sua mecânica, os seus trinta mil livros? Sumido, esvaído na confusão de telha e cinza! Para este esvaecimento pois da obra humana, mal ela se contempla de cem metros de altura, arqueja o obreiro humano em tão angustioso esforço? Hem, Jacinto?... Onde estão os teus armazéns servidos por três mil caixeiros? E os bancos em que retine o ouro universal? E as bibliotecas atulhadas com o saber dos séculos? Tudo se fundiu numa nódoa parda que suja a terra. Aos olhos piscos de um Zé Fernandes, logo que ele suba, fumando o seu cigarro, a uma arredada colina – a sublime edificação dos tempos não é mais que um silencioso monturo da espessura e da cor do pó final. O que será então aos olhos de Deus!

E ante estes clamores, lançados com afável malícia para espicaçar o meu *Príncipe*, ele murmurou, pensativo:

– Sim, é talvez tudo uma ilusão... E a cidade é a maior ilusão!

(...)

– Sim, com efeito, a cidade... É talvez uma ilusão perversa!

Insisti logo, com abundância, puxando os punhos, saboreando o meu fácil filosofar. E se ao menos essa alusão da cidade tornasse feliz a totalidade dos seres que a mantêm... Mas não! Só uma estreita e reluzente casta goza na cidade os gozos especiais que ela cria. O resto, a escura, imensa plebe, só nela sofre, e com sofrimentos especiais que só nela existem! Deste terraço, junto a esta rica basílica consagrada ao coração, que amou o pobre e por ele sangrou, bem avistamos nós o lôbrego casario onde a plebe se curva sob esse antigo opróbio de que nem religiões, nem filosofias, nem morais, nem a sua própria força brutal a poderão jamais libertar! Aí jaz, espalhada pela cidade, como esterco vil que fecunda a cidade. Os séculos rolam; e sempre imutáveis farrapos lhe cobrem o corpo, e sempre debaixo deles, através do longo dia, os homens labutarão e as crianças chorarão. E com este labor e este pranto dos pobres, meu *Príncipe*, se edifica a abundância da cidade! Ei-la agora coberta de moradas em que eles se não abrigam; armazenada de estofos, com que eles não se agasalham; abarrotada de alimentos, com que eles não saciam! Para eles só a neve, quando a neve cai, e entorpece e sepulta as criancinhas aninhadas pelos bancos das praças ou sob os arcos das pontes de Paris... A neve cai, muda e branca na treva; as criancinhas gelam nos seus trapos; e a polícia, em torno, ronda atenta para que não seja perturbado o tépido sono daqueles que amam a neve, para patinar nos lagos do Bosque de Bolonha com peliças de três mil francos. Mas quê, meu Jacinto! A sua civilização reclama insaciavelmente regalos e pompas, que só obterá, nessa amarga desarmonia social, se o Capital der ao Trabalho, por cada arquejante esforço, uma migalha ratinhada. Irremediável, é, pois, que incessantemente a plebe sirva, a plebe pene! A sua esfalfada miséria é a condição do esplendor sereno da cidade. Se nas suas tigelas fumegasse a justa ração de caldo – não poderia aparecer nas baixelas de prata a luxuosa porção de *foi-gras* e túberas que são orgulho da civilização. Há andrajos em trapeiras – para que as belas madamas de Oriol, resplandecentes de sedas e rendas, subam, em doce ondulação, a escadaria da ópera. Há mãos regeladas que se estendem, e beiços sumidos que agradecem o dom magnânimo de um *sou* – para que os Efrains tenham dez milhões no Banco da França, se aqueçam à chama rica da lenha aromática, e surtam de colares de safiras as suas concubinas, nestas dos duques de Atenas. E um povo chora de fome, e da fome do seus pequeninos –

para que os Jacintos, em janeiro, debiquem, bocejando, sobre pratos de Saxe, morangos gelados em Champagne e avivados de um fio de éter!

– E eu comi dos teus morangos, Jacinto! Miseráveis, tu e eu!

Ele murmurou, desolado:

– É horrível; comemos desses morangos... E talvez por uma ilusão!

(Queirós, 2009)

Sequência didática

Aspectos da língua portuguesa

Aula 1
Aproximação e crítica ao texto

Objetivos específicos da aula

- Apresentação do tema;
- Mobilização dos conhecimentos prévios dos alunos acerca do tema;
- Compreensão do texto;
- Construção de um texto crítico.

Sequência de conteúdos

- Trabalho de entendimento de texto e vocabulário;
- Exercício da crítica ao texto: a resenha.

Orientação aos professores

A resenha é uma **exposição crítica** do texto estudado. Devemos lembrar, todavia, que criticar não significa necessariamente "achar defeitos"; significa examinar minuciosamente, a fim de avaliar algo através do reconhecimento da *origem* e dos *fundamentos* dos elementos que estão sendo analisados, bem como da verificação do *encadeamento lógico* das ideias e de sua *coerência*.

O primeiro passo para a crítica, portanto, é a exposição (que trabalhamos anteriormente), ou seja, *destacar os pontos principais do pensamento do autor* (que já podem ter sido anteriormente selecionados através de um fichamento) e *evidenciar*

> Por vezes, o critério de hierarquização das ideias centrais do texto pode ser preferível. Isto depende da natureza do texto e do método de exposição.

a estrutura da obra; é preferível (mas não estritamente necessário que esta exposição siga a ordem de exposição do texto original. A diferença em relação ao original é que, na resenha, ao se expor o texto, deve ser realizada, concomitantemente, sua análise, em termos da *coerência do pensamento do autor*, de sua *fundamentação, originalidade* e *importância*, bem como do *modo de exposição, estrutura lógica* etc.). Para se efetuar a análise pode-se recorrer a outras fontes de informação complementares que não somente o próprio texto estudado (como outras obras do mesmo autor, biografias, trabalhos que analisem a obra etc.).

Na resenha devem ser emitidas, portanto, nossas *impressões* sobre a obra comentada; é claro que estas "opiniões pessoais" devem ser *objetivas* e *fundamentadas*.

Enfim, a resenha não precisa ser sintética como um resumo. No entanto, também não deve se alongar em demasia. Devemos procurar um tamanho razoável em relação ao tamanho do texto original e aos objetivos almejados.

Vejamos um exemplo de resenha:

No Capítulo 6 de A Cidade e as Serras, Eça de Queirós descreve um passeio no qual Jacinto e Zé Fernandes, os personagens centrais do livro, podem contemplar a paisagem urbana de Paris a partir de um ponto privilegiado. Transformada em "vestígio visível", a "vida magnífica" (assim entendida por Jacinto) de Paris pode ser vista sob outra perspectiva, bem mais cinzenta, como os próprios telhados da cidade. Diante desta paisagem, Zé Fernandes põe em questão o valor das "conquistas da civilização", tão caras a Jacinto.

O efeito sobre Jacinto é devastador: a cidade é uma ilusão perversa, descobre. E uma ilusão, insiste Zé Fernandes, que torna infelizes os seres que a mantém, para o proveito de uma pequena minoria; uma ilusão em que trabalha e sofre, para fazer a abundância e as pompas dos ricos, a plebe mal vestida, mal abrigada, mal alimentada e desprezada. Enfim, uma desarmonia social devida ao embate entre Capital e Trabalho.

Aqui, o estratagema da mudança de perspectiva, do interior protegido do "202" dos Campos Elíseos para a ampla paisagem cinzenta da cidade, é usado brilhantemente, por Eça, para possibilitar a intervenção de José Fernandes. É tal nova perspectiva que permite que este faça ver a Jacinto, como se viu anteriormente já contaminado por um "mal-estar civilizatório" ainda incompreendido, a fragilidade de suas concepções sobre a civilização, construídas que foram sobre um alicerce frágil de uma riqueza de caráter de excepcionalidade. A crítica social efetuada por Fernandes, que mostra um ponto de vista claramente de tendência socialista, se baseia na noção concreta de pequenez das ilusões de riqueza, nas quais se baseava a visão de mundo aristocrático-burguesa de Jacinto, em relação à realidade amarga da verdadeira cidade.

Orientações didáticas (metodologia de ensino)

O trabalho de compreensão de texto e vocabulário seguirá, aqui, os mesmos procedimentos que têm sido sugeridos ao longo deste livro. A seguir, o professor deve explicar aos alunos acerca da proposta de se produzir uma resenha do texto estudado. Para tanto, cabe esclarecer em que consiste a resenha, quais seus objetivos e forma de elaboração.

Neste momento, e em se tratando da produção de um texto complexo, pode ser interessante o recurso ao exemplo, pela utilização de resenhas publicadas em jornais (de preferência curtas), que podem ser projetadas, lidas e explicadas coletivamente.

Após esta preparação, os alunos devem ser orientados a, individualmente:
– identificar a estrutura do texto (suas partes constituintes e como se articulam);
– identificar e fichar (transcrever separadamente) as ideias principais de cada parte do texto;
– sintetizar a proposta central do texto;
– enunciar suas impressões sobre o texto.

Avaliação

Sugere-se um tratamento particularizado a cada resenha produzida pelos alunos. Ao professor caberá corrigi-las de maneira global (inclusive nos aspectos gramaticais) e devolvê-las aos alunos para que possam refazê-la segundo as orientações e comentários anotados. Este processo pode se repetir mais vezes, se necessário. Ao final, estando as produções textuais satisfatórias, os alunos poderão apresentá-las coletivamente, comparando-as e discutindo os pontos de vista emitidos.

Aspectos do conhecimento geográfico

A *geograficidade* é nítida neste texto de Eça de Queirós, assim como sua atualidade: trata-se do tema da diferenciação socioespacial urbana, entendida criticamente como expressão das contradições do capitalismo. A crítica de Eça é direta e clara: de que adiantam as "virtudes civilizatórias" proporcionadas pela urbanização, se o alcance de tais benefícios é restrito a camadas privilegiadas, concentrada em centros dotados das mais diversas comodidades mas cercados de periferias pobres, o lugar do trabalho explorado que sustenta as finezas da "civilização".

Aula 1
A civilização urbana e a desigualdade socioespacial

Objetivos específicos da aula

- Identificar, por meio da análise do texto literário, os elementos contraditórios do desenvolvimento urbano, em que se conjugam perversamente a riqueza e a pobreza;
- Verificar o caráter socioespacial dessa desigualdade e sua lógica.

Sequência de conteúdos

- A diferenciação espacial do interior do tecido urbano;
- A segregação espacial e suas razões sociais e econômicas.

MÓDULO 1 - GLOBALIZAÇÃO, CIVILIZAÇÃO, CIDADE E CAMPO

Orientação aos professores

Lembra Anthony Giddens (2004, p. 573 e ss.) que todas as sociedades industriais modernas são fortemente urbanizadas, e que as cidades mais povoadas dos países industrializados chegam a atingir os vinte e cinco milhões de habitantes, e as conurbações urbanas (conjuntos de cidades formando vastas áreas construídas) podem ter ainda mais. Conforme o autor citado, o desenvolvimento das cidades modernas teve enorme impacto nos hábitos, formas de comportamento e padrões de pensamento e de sentimentos: "desde o início dos grandes aglomerados urbanos, no século XVIII, tem-se verificado uma polarização de opiniões sobre os efeitos das cidades na vida social – o que ainda hoje acontece. Alguns encaravam as cidades como representantes da 'virtude civilizada', a fonte do dinamismo e da criatividade cultural. Para estes autores, as cidades maximizam as oportunidades de desenvolvimento cultural e econômico e proporcionam uma existência confortável e agradável. Outros estigmatizaram a cidade como um inferno cheio de fumo e de multidões agressivas e desconfiadas, carregada de crimes, violência e corrupção".

Ainda conforme Giddens, "à medida que as cidades cresciam em tamanho, muitas pessoas ficaram horrorizadas ao ver que as desigualdades e a pobreza urbana pareciam intensificar na mesma proporção. A extensão da pobreza urbana e as grandes diferenças entre os bairros da cidade foram os principais fatores que estiveram na origem dos primeiros estudos sociológicos sobre a vida urbana." (p. 575)

Orientações didáticas (metodologia de ensino)

Da análise do texto os alunos poderão selecionar, trabalhando em duplas ou pequenas equipes, elementos indicadores de desigualdade, segregação e diferenciação espacial, ou seja, características que mostrem a heterogeneidade urbana, identificando sua natureza (econômica, social etc.).

Devem ser destacados dois procedimentos fundamentais da análise geográfica que foram utilizados implicitamente por Eça, para possibilitar a Jacinto a compreensão da realidade socioespacial em que se inseria: em primeiro lugar o raciocínio multiescalar, passando do nível do interior das edificações para o da cidade "como um todo"; em segundo lugar, a análise paisagística, que permitiu, no segundo nível de escala considerado, a análise da diferenciação social no tecido urbano.

Identificadas tais características, o professor poderá promover um debate tendo como ponto central de discussão a seguinte questão: a cidade é uma "virtude civilizada" ou uma "ilusão perversa"? Para tanto, o recurso metodológico à "mudança de escala" pode ser feito, para a cidade em que se estiver trabalhando, com recursos de programas que disponibilizam gratuitamente, na internet, imagens de satélites, como o *Google Earth*. Os alunos poderão, desse modo, repetir a experiência de Jacinto e José Fernandes, e identificar a diferenciação socioespacial de sua cidade vendo-a "de cima", ou seja, analisando sua paisagem urbana: como os bairros se diferenciam em função do padrão de suas edificações, do sistema viário, da arborização, da densidade habitacional etc.? Onde se localizam tais bairros em relação à cidade como um todo? Que tipo de padrão predomina?

Avaliação

O "julgamento da cidade"

A proposta desta atividade é que os alunos realizem um "tribunal simulado", em que o "réu" será a sua própria cidade. A acusação: ela prejudica a humanidade, dissimulando sob um aspecto civilizado as contradições e injustiças sociais decorrentes do sistema capitalista, e que afligem a maioria da população. O ponto de partida: a "promotoria" deverá elaborar uma "peça de acusação", inspirada no texto de Eça de Queirós, para o que deverá pesquisar dados sobre as desigualdades e contradições urbanas, bem como aplicar os procedimentos geográficos descritos acima para a "comprovação" das desigualdades socioespaciais. Já a "defesa" deverá preparar-se para rebater os possíveis argumentos da acusação, ressaltando as qualidades da vida urbana. Uma parte da turma poderá constituir um júri, que se encarregará de ponderar os argumentos e chegar a um veredicto. O professor, como "juiz", se encarregará de presidir os debates, direcionando-os e sistematizando-os.

MÓDULO 1 - GLOBALIZAÇÃO, CIVILIZAÇÃO, CIDADE E CAMPO

Atividade final interdisciplinar do módulo

Tema
Comparação entre "Globalizações"

Tendo em vista que o eixo articulador dos temas particulares tratados em cada unidade destes módulos é a "sociedade globalizada", propõe-se um <u>exercício de comparação</u> entre a "globalização" do fim do século XIX e início do XX, e a atual, de cem anos depois, em termos de suas repercussões na sociedade.

Para tanto, são propostos os seguintes *termos de comparação*, aos quais podem ser adicionados outros que se julgarem adequados e interessantes:

– hábitos de consumo
– recursos tecnológicos (comunicações, transportes)
– formas de habitação
– fontes de energia
– vida cultural
– participação política
– valores
– outros temas pertinentes

Sugere-se que cada tópico seja desenvolvido por uma equipe, que deve produzir material visual (cartazes ou *banners*, padronizados conforme a orientação dos professores, em que se articulem imagens de época e textos explicativos ou comentários).

Aos professores cabe orientar diretamente a pesquisa e analisar as figuras selecionadas e textos produzidos, a fim de explorar todas as suas potencialidades, bem como discutir as melhores formas de estruturar os cartazes. A apresentação pública dos resultados, em uma ocasião especial, é um elemento motivador para os alunos.

Módulo 2
A relação homem-natureza nas regiões áridas em *Os Sertões*, de Euclides da Cunha

1. O autor e a obra

Para Alfredo Bosi (1990, p. 304), Euclides da Cunha (1866-1909) faz parte, assim como Monteiro Lobato e Lima Barreto, de um conjunto de autores que tematizam as oposições campo/cidade, branco/mestiço, rico/pobre, cosmopolita/brasileiro, imigrante/nacional. Acrescentaríamos, ao menos no caso de Euclides, as oposições sertão/civilização e homem/natureza, que é justamente o tema que estudaremos aqui, a partir de um fragmento da primeira parte de sua obra principal, *Os Sertões* (1902).

Na opinião de Érico Veríssimo (1995, p. 94), escrevendo na década de 1940, *Os Sertões* constituía, então, nosso maior clássico literário, a ponto de ser seu escolhido, como representante da literatura e do povo brasileiro, para ser traduzido em outras línguas: "fornece a chave mestra para a alma brasileira. É belo, lúcido e verdadeiro. É corajoso, sem preconceito e dramático. Fala-nos de um cadinho racial espantoso. *Mostra, com uma semelhança quase fotográfica, uma paisagem trágica, tanto geográfica quanto humana.* Narra uma história impressionante de violência, fanatismo, sangue e miséria, mas também de coragem e resistência indômita. É cheio de simpatia e compaixão pelo oprimido. E *é um livro surpreendentemente 'novo' e atual, porque muitos dos problemas que apresenta e dis-*

cute ainda carecem de solução"(grifos nossos). A obra teria aberto, além disso, o caminho para uma literatura regional cujos "heróis" eram gente do interior e cujas paisagens, problemas, conflitos e paixões eram nativos.

Para Veríssimo, constitui-se em um estudo sério e aprofundado do interior nordestino (em termos de fauna, flora, geografia, clima, geologia e etnologia), associado a um relato "inusitadamente honesto e vigoroso" da campanha de Canudos. *Os Sertões* seria obra, ao mesmo tempo, de artista e de cientista, com efeito comparável ao de um meteoro luminoso cujo impacto "atordoou por um momento críticos, políticos, militares, artistas, literatos e leitores comuns" (p. 92-93), constituindo-se o marco de uma nova era na literatura brasileira. Tal caráter de marco literário, de ruptura com as tendências predominantes, é também ressaltado por Antonio Candido.

Lembra Antonio Candido que *Os Sertões* têm como ponto central a luta entre grupos rurais nordestinos, guiados por um líder messiânico, e tropas do governo, conflito que se transformou em guerra de extermínio, terminada em 1897 (a *Guerra de Canudos*). Acompanhando, como correspondente de um jornal, a última fase da luta, Euclides esteve presente na última fase da luta e descreveu o choque de culturas acontecido: "graças à conjunção de um acontecimento dramático, da férvida imaginação de um observador privilegiado e da força de um estilo enfático, a opinião pública sentiu que a sociedade brasileira repousava sobre a contradição entre o progresso material das áreas urbanizadas e o atraso que marginalizava as populações isoladas do interior" (2004a, p. 82).

É esta contradição entre o atraso do sertão e o dinamismo do litoral que interessa a Euclides: por um lado o Brasil do interior, abandonado "porque sofria diretamente as consequências do que tínhamos de profundamente colonial em nós", ou seja, "entravado pelas condições de propriedade", como escreve Werneck Sodré (1982, p. 497), e o litoral em rápida transformação.

O livro, dividido em três partes – A Terra, O Homem, A Luta –, procura explicar como o meio físico e a raça condicionavam os grupos sociais e como a diferença nos ritmos de evolução gerava desarmonias catastróficas(Candido, 2004a, p. 82). A primeira parte, embora menos acessível à maioria dos leitores, tem, conforme Bernucci, uma importância estrutural dada por seu caráter "orgânico", ou seja, por se constituir em "matriz geradora" dos núcleos narrativos que são desenvolvidos nas outras partes do livro, antecipando narrativas ou ideias que são retomadas e reelaboradas mais tarde, num efeito de "duplicação ou espelhamento". É justamente dessa primeira parte do livro que provém o texto *Como se Extingue o Deserto*, em que Euclides, lançando mão de argumentação histórica, geográfica, geológica e climatológica, discute uma alternativa para o problema da seca e, assim, para a "viabilização" do sertão.

2. O tema e sua atualidade

A questão das vicissitudes do clima nas regiões semiáridas do Nordeste brasileiro, no chamado *domínio dos sertões secos* (Ab'Saber, 2003, p. 83 e ss.) ou simplesmente das caatingas, é tema de relevância nacional desde há tempos, em função principalmente das dramáticas consequências sociais e econômicas dos recorrentes períodos de seca para a população sertaneja, anomalamente ampla nesta região se comparada a outros meios semiáridos do planeta. Tais circunstâncias se refletem amplamente na literatura regionalista, na qual a relação do homem com o meio tem sido brilhantemente refletida (desde o sertanismo romântico, com Franklin Távora, até os modernos, com Raquel de Queirós, em *O Quinze*, e Graciliano Ramos, em *Vidas Secas*, dentre outros).

No entanto, dois aspectos interessantes, do ponto de vista geográfico, além da questão das consequências das secas, podem ser também destacados: o papel do homem como agente modificador do meio ambiente e a questão do enfrentamento do problema da seca, ou seja, da reação ativa do homem às circunstâncias do meio. Hoje, tal questão está na ordem do dia: retomando-se um projeto cuja ideia data dos tempos do Segundo Império, pretende-se realizar a "transposição" de águas da bacia hidrográfica do São Francisco para alimentar rios intermitentes e açudes na semiárida depressão sertaneja nordestina. Seria esta a melhor solução? Haveria outras alternativas? Que interesses estão em jogo?

Paul Vidal de La Blache (1954, p. 150), um dos grandes pioneiros da escola geográfica francesa, escreveu que *as causas geográficas não agem sobre o homem senão por intermédio dos fatos sociais*. Em nosso caso, para Euclides da Cunha, mais do que "grandes obras", a solução mais adequada para a questão da seca residiria em uma providência relativamente simples, cuja lição nos é dada pela experiência histórica. O "método" de Euclides é correto? Podemos (e devemos) lançar mão do conhecimento histórico para resolver nossos problemas no presente? De que forma isto é possível, e em que circunstâncias? Momentos históricos e contextos civilizacionais e geográficos distintos podem ser comparados? É o que discutiremos com o autor.

3. Adequação para o ensino

O texto euclidiano adequa-se sobremaneira ao trabalho visando o desenvolvimento de competências e habilidades relativas à articulação entre tempos históricos e ritmos de duração, relações de continuidade e permanência, ruptura e transformação nos processos históricos, além de posicionar-se diante de fatos presentes a partir da interpretação de suas relações com o passado. Além disso, possibilita reconhecer a relação entre as particularidades e generalidades de lugares, paisagens e territórios, bem como reconhecer no espaço geográfico os processos históricos construídos em diferentes tempos e, ainda, identificar, analisar e avaliar o impacto das transformações de diversas naturezas que o conformam.

4. Objetivos gerais do módulo

Este módulo baseia-se em um excerto transcrito do Capítulo V da primeira parte de *Os Sertões* (*A Terra*), em que Euclides recupera uma experiência de manejo do solo realizada pelos romanos na Tunísia, na antiguidade, e mais tarde retomada pelos colonizadores franceses. Tal técnica é fonte de inspiração para uma proposta de enfrentamento do fenômeno da seca no sertão semiárido. Tendo isso em vista, propõe-se a articulação dos conhecimentos históricos, geográficos e do estudo da língua no seguinte sentido:

- a compreensão do estilo literário euclidiano, e em especial do tipo específico de "linguagens" utilizadas pelo mesmo, discutidas em relação ao contexto da época;
- a compreensão dos valores civilizacionais do autor e de sua relatividade;
- a compreensão do valor do entendimento das experiências humanas passadas para a compreensão do presente e ação;
- o entendimento das circunstâncias geográficas das regiões semiáridas;
- a discussão das possibilidades humanas e de seu papel ativo em relação à modificação das condições do meio;
- a discussão dos referenciais teóricos do autor no que diz respeito à questão da relação homem-natureza;
- o uso desse conhecimento para a análise de uma questão atual referente aos problemas do semiárido nordestino.

Unidade Didática

Texto-base

Como se extingue o deserto

Quem atravessa as planícies elevadas da Tunísia, entre Beja e Bizerta, à ourela do Saara, encontra ainda, no desembocar dos vales, atravessando normalmente o curso caprichoso e em torcicolos dos *oueds*, restos de antigas construções romanas. Velhos muradais derruídos, embrechados de silhares e blocos rolados, cobertos em parte pelos detritos de enxurros de vinte séculos, aqueles legados dos grandes colonizadores delatam a um tempo a sua atividade inteligente e o desleixo bárbaro dos árabes que os substituíram.

Módulo 2 - A relação homem-natureza nas regiões áridas em Os Sertões

Os romanos, depois da tarefa de destruição de Cartago, tinham posto ombros à empresa incomparavelmente mais séria de vencer a natureza antagonista. E ali deixaram belíssimo traço de sua expansão histórica.

Perceberam com segurança o vício original da região, estéril menos pela escassez das chuvas do que pela sua péssima distribuição adstrita aos relevos topográficos. Corrigiram-no. O regime torrencial que ali aparece, intensíssimo em certas quadras, determinando alturas pluviométricas maiores que as de outros países férteis e exuberantes, era, como nos sertões de nosso país, além de inútil, nefasto. Caía sobre a terra desabrigada, desarraigando a vegetação mal presa a um solo endurecido; turbilhonava por algumas semanas nos regatos transbordantes, alagando as planícies; e desaparecia logo, derivando em escarpamentos, pelo Norte e pelo levante, no Mediterrâneo, deixando o solo, depois de uma revivescência transitória, mais desnudo e estéril. O deserto, ao sul, parecia avançar, dominando a paragem toda, vingando-lhe os últimos acidentes que não tolhiam a propulsão do simum.

Os romanos fizeram-no recuar. Encadearam as torrentes; represaram as correntezas fortes, e aquele regime brutal, tenazmente combatido e bloqueado, cedeu, submetido inteiramente, numa rede de barragens. Excluído o alvitre de irrigações sistemáticas dificílimas, conseguiram que as águas permanecessem mais longo tempo sobre a terra. As ravinas, recortando-se em gânglios estagnados, dividiram-se em açudes abarreirados pelas muralhas que trancavam os vales, e os *oueds*, parando, intumesciam-se entre os morros, conservando largo tempo as grandes massas líquidas, até então perdidas, ou levando-as, ao transbordarem, em canais laterais aos lugares próximos mais baixos, onde se abriam em sangradouros e levadas, irradiantes por toda parte, e embebendo o solo. De sorte que este sistema de represas, além de outras vantagens, criara um esboço de irrigação geral. Ademais, todas aquelas superfícies líquidas, esparsas em grande número e não resumidas a um Quixadá único – monumental e inútil – expostas à evaporação, acabaram reagindo sobre o clima, melhorando-o. Por fim a Tunísia, onde haviam aproado os filhos prediletos dos fenícios, mas que até então se reduzira a um litoral povoado de traficantes ou númidas erradios, com suas tendas de tetos curvos branqueando nos areais como quilhas encalhadas – se fez, transfigurada, a terra clássica da agricultura antiga. Foi o celeiro da Itália; a fornecedora, quase exclusiva, de trigo, dos romanos.

Os franceses, hoje, copiam-lhes em grande parte os processos, sem necessitarem alevantar muramentos monumentais e dispendiosos. Represam por estacadas, entre muros de pedras secas e terras, à maneira de palancas, os *oueds* mais bem dispostos, e talham pelo alto as suas bordas, em toda a largura das serranias que os ladeiam, condutos derivando para os terrenos subjacentes, em redes irrigadoras.

Deste modo as águas selvagens estacam, remansam-se, sem adquirir a força acumulada das inundações violentas, disseminando-se, afinal, estas, amortecidas, em milhares de válvulas, pelas derivações cruzadas. E a histórica paragem, liberta da apatia do muslim inerte, transmuda-se volvendo de novo à fisionomia antiga. A França salva os restos da opulenta herança da civilização romana, depois desse declínio de séculos.

***

Ora, quando se traçar, sem grande precisão embora, a carta hipsométrica dos sertões do Norte, ver-se-á que eles se apropriam de uma tentativa idêntica, de resultados igualmente seguros.

A ideia não é nova. Sugeriu-a há muito, em memoráveis sessões do Instituto Politécnico do Rio, em 1977, o belo espírito do conselheiro Beaurepaire Rohan, talvez sugestionado pelo mesmo símile, que acima apontamos.

Das discussões então travadas, onde se enterreiraram os melhores cientistas do tempo – da sólida experiência de Capanema à mentalidade rara de André Rebouças – foi a única coisa prática, factível, verdadeiramente útil que ficou.

Idearam-se, naquela ocasião, luxuosas cisternas de alvenarias; miríades de poços artesianos, perfurando as chapadas; depósitos colossais, ou armazéns desmedidos para as reservas acumuladas; açudes vastos, feitos cáspios artificiais; e por fim, como para caracterizar bem o desbarate completo da engenharia, ante a enormidade do problema, estupendos alambiques para destilação das águas do Atlântico!...

O alvitre mais modesto, porém, efeito imediato de um ensinamento histórico, sugerido pelo mais elementar dos exemplos, suplanta-os. Porque é, além de prático, evidentemente o mais lógico.

O martírio secular da terra

Realmente, entre os agentes determinantes da seca se intercalam, de modo apreciável, a estrutura e a conformação do solo. Qualquer que seja a intensidade das causas complexas e mais remotas que anteriormente esboçamos, a influência daquelas é manifesta desde que se considere que a capacidade absorvente e emissiva dos terrenos expostos, a inclinação dos estratos que os retalham, e a rudeza dos relevos topográficos, agravam, do mesmo passo, a crestadura dos estios e a degradação intensiva das torrentes. De sorte que, saindo das insolações demoradas para as inundações subitâneas, a terra, mal protegida por uma vegetação decídua, que as primeiras requeimam e as segundas erradicam, se deixa, a pouco e pouco, invadir pelo regime francamente desértico.

As fortes tempestades que apagam o incêndio surdo das secas, em que pese a revivescência que acarretam, preparam de algum modo a região para maiores vicissitudes. Desnudam-na rudemente, expondo-a cada vez mais desabrigada aos verões seguintes; sulcam-na numa molduragem de contornos ásperos; golpeiam-na e esterilizam-na; e ao desaparecerem, deixam-na ainda mais desnuda ante a adustão dos sóis. O regime decorre num intermitir deplorável, que lembra um círculo vicioso de catástrofes.

Deste modo a medida única a adotar-se deve consistir no corretivo destas disposições naturais. Pondo de lado os fatores determinantes do flagelo, oriundo das fatalidades de leis astronômicas ou geográficas inacessíveis à intervenção humana, são, aquelas, as únicas passíveis de modificações apreciáveis.

O processo que indicamos, em breve recordação histórica, pela sua própria simplicidade dispensa inúteis pormenores técnicos.

A França copia-o hoje sem variantes, revivendo o traço de construções velhíssimas. Abarreirados os vales, inteligentemente escolhidos, em pouco intervalados, por toda a extensão do território sertanejo, três consequências inevitáveis decorreriam: atenuar-se-iam de forma considerável a drenagem violenta do solo, e as suas consequências lastimáveis; formar-se-lhes-iam à ourela, inscritas na rede das derivações, fecundas áreas de cultura, e fixar-se-ia uma situação de equilíbrio para a instabilidade do clima, porque os numerosos e pequenos açudes, uniformemente distribuídos e constituindo dilatada superfície de evaporação, teriam, naturalmente, no decorrer dos tempos, a influência moderadora de um mar interior, de importância extrema. (Cunha, s/d)

* * *

Sequência didática

Aspectos da língua portuguesa

Aula 1
Leitura, literatura e compreensão

Objetivos específicos da aula

- Esta é a primeira atividade a ser realizada e visa proporcionar ao aluno uma primeira aproximação com o texto;
- Visa proporcionar uma ampliação da capacidade de análise literária da obra, a partir da leitura e contextualização do autor, a partir do período literário a que se associa.

Sequência de conteúdos

- O autor e a obra: o "pré-modernismo";
- Leitura, compreensão e pesquisa vocabular do texto;
- Gêneros e tipologias textuais;
- *Os Sertões* entre a literatura e o jornalismo;
- A intertextualidade.

Orientação aos professores

1. O "pré-modernismo"

Conforme Cademartori (1986, p. 7-8), em função do estudo da literatura não poder dispensar a identificação do momento histórico em que se situam os fenômenos literários, decorre a tentativa de ordenação desses fenômenos no tempo (resultando nos conceitos de período, movimento, escola, fase). No entanto, a periodização se depara com a dificuldade de conciliação entre o critério de tempo (histórico) e o critério estético, condição essencial para não se classificar obras e autores com características distintas sob uma mesma denominação. A dificuldade reside principalmente nos fatos de que a ascensão, predominância e decadência de um sistema de normas não ocorre em datas precisas, que há convivência de estilos em um dado período (ou seja, que estes são imbricados e não sucessivos) e que características de um período sobrevivem em outro. Além disso, se há substituição, ocorrem "zonas fronteiriças" em que as características se interpenetram, dificultando a classificação.

É este o nosso caso. Devemos notar que um termo como "pré-modernismo", que só define seu sentido em relação ao que veio depois, não expressa de modo adequado a visão de época daqueles que são enquadrados, a *posteriori*, por ele. Se hoje escritores como Euclides da Cunha e Lima Barreto são assim considerados, pelo fato de, de algum modo, "adiantarem" certas características que depois se tornariam marcas do novo estilo propriamente dito (o modernismo), não há como dizer que tais autores tinham colocada a consciência para tanto, num sentido de "abrir caminho" intencionalmente. Talvez seja mais adequado seguir, assim, periodizações como a de Candido e Castello (2001), que colocam Euclides e Lima no fim de período caracterizado pelo realismo-naturalismo-simbolismo e, conquanto representantes de uma fase transitória, são vistos como *epígonos*, quer dizer, pertencendo à geração seguinte.

2. O texto literário e o texto jornalístico

Tanto o texto literário como o jornalístico correspondem a gêneros textuais, ou seja, textos encontrados na vida social e que representam padrões sociocomunicativos diferenciados, caracterizados pela composição, objetivo enunciativo e estilo (Köche, 2006, p. 39). Lembra a autora citada, os gêneros textuais em geral são tipologicamente heterogêneos, quer dizer, apresentam mais de uma tipologia textual (narração, dissertação, descrição, explicação, predição, etc.). Conforme Alves (2005, p. 49), no texto jornalístico transparece sempre a realidade, existe a intenção primeira de fidelidade aos fatos, não propiciando a fantasia própria ao texto literário. No entanto, isto não impede que o texto jornalístico seja bonito ou até poético, pois quanto mais claro e agradável for maior a chance de ser compreendido pela maioria dos leitores. O texto literário, por sua vez, tem uma linguagem que provoca o prazer estético do leitor, sendo para tanto seu estilo trabalhado artisticamente: explora o uso original das palavras, o ritmo, a sonoridade e a organização da frase, de modo que provoque no leitor uma experiência de caráter emocional. (p. 109)

MÓDULO 2 - A RELAÇÃO HOMEM-NATUREZA NAS REGIÕES ÁRIDAS EM OS SERTÕES

Orientações didáticas (metodologia de ensino)

Em primeiro lugar cabe uma apresentação breve do autor e da obra, destacando-se a temática do livro e as circunstâncias históricas particulares em que foi produzido, bem como explicando-se os objetivos do trabalho e as atividades que serão desenvolvidas.

A seguir, como primeira atividade motivadora sugere-se o filme *Guerra de Canudos*, de Sérgio Rezende (1997). A finalidade é tentar reproduzir, para o aluno, o contexto do livro e justamente o que Euclides viu, como correspondente, visto que está nessa experiência jornalística a gênese da obra.

O texto deve ser distribuído aos alunos, que então procederão à leitura e discutirão o vocabulário. A pesquisa vocabular, em função do estilo do autor, é uma atividade fundamental, e pode ser realizada em equipes (sugere-se que em duplas).

Poderá ser realizada, então, a leitura e discussão coletiva do texto. E, compreendido o texto, o professor pode fomentar a discussão de dois aspectos principais:

(a) a relação do autor com o "período literário". Para tanto, deve apresentar as características da época (o "pré-modernismo"), incentivando os alunos a verificarem em que Euclides e *Os Sertões* correspondem a elas ou apresentam de especificidade.

(b) a caracterização do texto estudado como jornalístico ou não. Para tanto, devem ser apresentadas as características básicas do texto literário e do texto jornalístico (sugere-se que em forma de tabela), de forma que os estudantes possam opinar coletivamente. Ao professor cabe coordenar o debate e sintetizar as conclusões, fazendo as retificações e críticas que couberem.

Avaliação

Tendo em vista o contexto "jornalístico" da produção de *Os Sertões*, propõe-se a confecção de um jornal, com o objetivo de estabelecer uma comparação entre a obra lida e a situação existente hoje em dia. Para tanto, os alunos devem pesquisar textos e imagens sobre o tema da seca no semiárido nordestino (suas causas, consequências e as medidas que são tomadas para combatê-las), com

MÓDULO 2 - A RELAÇÃO HOMEM-NATUREZA NAS REGIÕES ÁRIDAS EM OS SERTÕES

o objetivo de produzirem diferentes gêneros textuais (artigos, crônicas, reportagens etc.) que dialoguem com o texto de Euclides, realizando um exercício de *intertextualidade*.

Sugere-se que o trabalho seja dividido em equipes, cada qual se responsabilizará por um tipo de gênero textual, ou produzirá ilustrações (com infográficos etc.) ou, ainda, pela organização e edição do jornal (sugere-se a realização de uma "primeira página"). Recomenda-se também que o jornal seja feito com o uso de linguagem de época (ou, pelo menos, com a incorporação de seu vocabulário).

Aula 2
O estilo euclidiano

Objetivos específicos da aula

- Investigar as características particulares do modo de escrever de Euclides da Cunha, que lhe conferem um estilo próprio, diferenciado e inovador.

Sequência de conteúdos

- Figuras de estilo;
- Tipologia textual.

Orientação aos professores

O estilo euclidiano

Para Candido, um dos fatores que podem ter contribuído para o sucesso editorial de *Os Sertões*, além de ter despertado nas classes médias a consciência de problemas que elas ignoravam ou recalcavam, foi o "voo retórico do estilo, inclusive no rebuscamento do vocabulário e das construções sintáticas, bem-vindos aos 'cultores da forma' " (2004, p. 83).

Por exemplo, a antítese é um dos elementos marcantes do estilo de Euclides, sendo usado pelo autor para realçar, por contraste, a expressão de cada um dos objetos aproximados. Por exemplo, em uma expressão como "os vales secos fazem-se rios", a união entre a secura e a fluidez das águas torna mais sensível cada um desses elementos. Trata-se de um recurso de *avivamento de contrários*, ou de contrastes, que também pode ser visto em expressões de descrição paisagística como "os vales nimiamente férteis e as estepes mais áridas" ou "barbaramente estéreis, maravilhosamente exuberantes". Outros recursos de estilo que acompanham o livro, além do jogo de antíteses, são a hipérbole e a antinomia (ver Bosi, 1990, p. 349 e ss.). Conforme Bernucci (2001, p. 28-29), este modo euclidiano de construir antíteses e contrastes que permitem ver simultânea ou alternadamente elementos opostos caracteriza um viés barroco de seu estilo, ou barroquismo, já denominado "barroco científico" (Bosi, 1990, p. 349).

Devemos lembrar as seguintes definições sobre as *figuras e recursos de estilo* citados (Faraco e Moura, 2001, p. 574 e ss.):

(a) Antítese: a colocação, lado a lado, de ideias opostas, com a função de realçar ideias.

(b) Hipérbole: um exagero proposital que atribui a seres, qualidades ou fatos, proporções ou intensidades fora do comum, em sentido positivo ou negativo.

(c) Antinomia: refere-se a uma oposição recíproca ou contradição.

Conforme Veríssimo (1995, p. 93), Euclides possui um "estilo viril", em que "suas frases são brilhantes e flexíveis como aço", ou "cintilam e às vezes têm a disposição cortante de um açoite". Para o autor citado, a prosa de Euclides seria com frequência "nervosa, impaciente, quase feroz", e no entanto adquiriria, por vezes, "uma tranquilidade disciplinada e até fria". Seja como for, seria sempre "precisa e correta", fazendo-se transparecer o "caráter matemático" do autor na "qualidade geométrica" das orações, no cuidado com a exatidão e na estrutura dos parágrafos.

Lembra Werneck Sodré que o estilo euclidiano é próprio e corresponde tanto à personalidade do escritor quanto às suas intenções, conquanto reconheça-se que o traço científico e a tendência a fundir na expressão elementos oriundos de conhecimentos especializados seja uma característica de época (1982, p. 495). Seja como for, em especial no trecho estudado, ressalta-se uma das diversas "linguagens" particulares usadas por Euclides, correspondentes a temas específicos: a *linguagem geológica*. Para Bernucci (2001, p. 30-32), esta linguagem, predominante na primeira parte de *Os Sertões*, constitui a base ou fundação da estrutura do livro.

Lembramos que por *nível de linguagem* podemos entender as especificidades decorrentes e variações de arranjo sintático, vocabulário ou pronúncia (no caso da fala), e que implicam em elaborações diferenciadas em função de situações socioculturais e comunicativas particulares (Köche et al., 2006, p. 9).

Orientações didáticas (metodologia de ensino)

Tendo sido feita, anteriormente, a atividade de leitura, pesquisa vocabular, compreensão e discussão do texto, cabe o aprofundamento da análise das particularidades do estilo, ou seja, da "forma de escrever" particular de Euclides.

O professor deverá propor aos alunos que, individualmente ou em duplas, releiam o texto atentando-se para observar os seguintes aspectos (cada um por sua vez), anotando os trechos que os exemplifiquem:

(a) A presença de antíteses, de realçamento de contrários, bem como de hipérboles e antinomias. Tais características são indicadores de certo "barroquismo" no estilo do autor. O professor poderá conduzir a discussão lembrando dos aspectos fundamentais de estilo do período barroco, realizando uma atividade comparativa e sintetizando, por fim, um parecer sobre a questão a partir das opiniões emitidas pelos alunos (devidamente retificadas, quando for o caso).

(b) A "precisão matemática" da prosa euclidiana, refletida na estruturação das orações e parágrafos.

(c) os elementos que caracterizam a "linguagem geológica" do texto. Além de listar os termos, os alunos deverão transcrever os seus significados, a fim de construir um pequeno "glossário geológico euclidiano".

Avaliação

Propõe-se uma atividade de comparação entre o texto de Euclides, um texto jornalístico escolhido e um texto científico que trate do tema (sugerem-se, especialmente, os artigos de Aziz Ab'Saber). A finalidade é trabalhar a habilidade de identificação das diferenças entre os textos (de diferentes gêneros) no que diz respeito aos aspectos de construção, tipologias textuais e níveis de linguagem utilizadas, vocabulário, estilo etc. A atividade poderá ser concretizada, por exemplo, em uma *tabela comparativa*.

Aspectos do conhecimento histórico

Encontra-se no texto euclidiano uma historicidade de muito longa duração, articulada (como em geral acontece na história longa) em torno de um fenômeno geográfico persistente: a relação do homem com as circunstâncias do meio. Isto permite tratar de dois momentos históricos distintos, mas relacionados ambos à expansão "europeia" na orla mediterrânica. Trata-se, em primeiro lugar, da expansão romana estendendo sua civilização e definindo o que seria o Império às margens do *mare nostrum*. E, em segundo lugar, a expansão imperialista francesa para o mesmo lugar, como parte de uma rede de possessões coloniais que literalmente "partilhou" a África ao longo do século XIX.

Mas o elo de coesão, no texto, entre os dois momentos é dado justamente pela comparação entre o "modo romano" de utilizar ativamente as possibilidades do meio natural do norte da África, manipulando-as em função de seus objetivos, e a "forma francesa" de praticamente reproduzir o que os romanos fizeram há dois mil anos. Entre os dois momentos, o contraponto que ainda mantém o meio como referência: o elemento árabe, passivo, que se sujeita ao clima e permite que se arruíne o trabalho civilizatório realizado.

Enfim, o que faz Euclides é, tomando a geografia como eixo condutor, articular conjunturas históricas determinadas, cuja comparação é feita em função de uma perspectiva civilizatória compartilhada. Isto propicia, para nós, um exercício de investigação histórica também em perspectiva comparada, abrangendo as circunstâncias do expansionismo romano e do francês.

MÓDULO 2 - A RELAÇÃO HOMEM-NATUREZA NAS REGIÕES ÁRIDAS EM OS SERTÕES

Aula 1
O colonialismo francês na África do Norte

Objetivos específicos da aula

- Compreensão dos valores civilizacionais do autor e sua relatividade.

Sequência de conteúdos

- A visão da colonização como "missão civilizatória";
- O contato civilizacional: a superioridade do gênero de vida e da civilização europeia;
- O conceito de estagnação civilizacional: o "muslim inerte";
- A experiência agrícola francesa na Tunísia: uma herança cultural de longa duração.

Orientação aos professores

O texto e as informações a seguir provêm do *Atlas Classique de Géographie Ancienne et Moderne*, de F. Schrader e L. Gallouédec, editado em 1922:

"É na África, sobretudo, que se estende o império colonial francês. Do Mediterrâneo ao Golfo da Guiné e até o Congo, nossas possessões formam, exceto alguns enclaves litorâneos, uma superfície contínua. A Tunísia, a Argélia e o Marrocos ocupam todo o Maghreb, grande região natural caracterizada pela presença do sistema montanhoso do Atlas. O clima mediterrânico domina. (...) Há culturas (vinhas, chá, árvores frutíferas, tabaco) nas planícies costeiras e aluviais."

Em 1840, 115 mil soldados franceses invadiram a Argélia, recomeçando a guerra de conquista iniciada em 1830. Em 1873, os franceses determinaram a expropriação de terras para a implantação de colonos (500 mil antes do fim do século e mais de um milhão no final da II Guerra Mundial). Os *pied noirs* franceses concentraram a propriedade das terras férteis, e toda a economia do país foi reorganizada para servir aos interesses da França. No início do século XX, a Argélia exportava vinho, cereais, frutas, minerais (ferro, zinco, chumbo) e fosfatos. Seu comércio com a metrópole era deficitário (499 milhões de francos de importação *versus* 426 milhões de francos de exportações, em 1911).

Orientações didáticas (metodologia de ensino)

O professor deve trabalhar o reconhecimento, por Euclides, do "caráter civilizatório" do colonialismo romano e, mais tarde, do francês. Para tanto, sugere-se que os alunos sejam solicitados a identificar, no texto, os elementos que indiquem a noção de superioridade cultural desses povos e as razões para tal.

Outro aspecto histórico a ser destacado são as noções de *ruptura* e *continuidade*, que os alunos poderão também verificar no texto pela comparação entre a ação dos romanos (na antiguidade) e dos franceses (modernamente), em que estes se valem de uma herança cultural de longa duração (o "modo romano" de interferir sobre o meio natural). Entre os dois momentos temos o "intervalo" da ocupação árabe, vista como um momento de estagnação ou retrocesso civilizacional (em que "nada aconteceu"). Pode ser trabalhada aqui uma linha do tempo, em que os momentos referidos sejam posicionados e suas características, verificadas a partir do texto, comparadas.

Avaliação

Um exercício interessante de crítica pode ser realizado pelo aprofundamento da análise sobre a visão positiva de Euclides em relação à colonização francesa no norte da África. Podemos entender que, para ele, a superioridade da civilização francesa (como acontecera antes com a romana) levou à Tunísia um *gênero de vida* (para usar o conceito clássico de Vidal de La Blache) que, pelo contato, arrancaria a região à estagnação secular. O contato civilizacional é visto, assim, de maneira vidalina, como elemento de progresso.

A questão é: até que ponto podemos justificar a colonização como missão civilizatória? Pela análise do texto do Atlas francês que transcrevemos acima, os alunos poderão identificar diversos aspectos negativos da colonização, e produzir um texto em que questionem as limitações da visão de Euclides e tentem explicá-la em função dos valores da época (em que a Europa, orgulhosa de suas realizações materiais, expandia seu domínio e sua influência pelo mundo).

Aula 2
Lições do passado

Objetivos específicos da aula

- Compreensão do valor das experiências humanas passadas para o presente.

Sequência de conteúdos

- A paisagem como fonte histórica:
  – o conceito de fonte histórica e de monumento;
- As experiências passadas e sua relevância para o presente.

Orientação aos professores

No texto de Euclides reconhece-se a presença, na paisagem tunisiana, de restos de construções romanas que mostravam, na antiguidade, a ação prática desse povo colonizador no sentido de alterar as condições do meio em seu proveito. Tais marcas do passado configuraram heranças como que impressas na paisagem, e orientaram os colonizadores franceses, vinte séculos depois, a retomarem a mesma "escrita", ou seja, adotarem um sistema hidráulico essencialmente semelhante e com os mesmos propósitos.

Conforme Le Goff (1984, p. 95), há dois tipos de materiais aos quais se aplicam a memória coletiva e a História: os *documentos* e os *monumentos*. O que sobrevive dos tempos passados não é o conjunto do que existiu, mas uma amostra efetuada pelas forças que operam no desenvolvimento do mundo e da humanidade. Nesse sentido, os monumentos são heranças materiais do passado, sinais que evocam uma certa memória, como uma obra arquitetônica ou uma construção funerária.

Conforme lembra Funari (2005), os objetos da cultura material são fontes históricas no sentido em que podem trazer informações, dados novos, indisponíveis nos documentos escritos. E as fontes arqueológicas são parte integrante e essencial da pesquisa histórica e os bons historiadores, mesmo quando não se dedicam, no detalhe, à cultura material, não deixam de levá-la em conta. O autor referido cita Braudel, na obra *Civilização Material, Economia e Capitalismo*:

"Vida material são homens e coisas, coisas e homens. Estudar as coisas – os alimentos, as habitações, o vestuário, o luxo, os utensílios, os instrumentos monetários, a definição de aldeia ou cidade –, em suma, tudo aquilo de que o homem se serve, não é a única maneira de se avaliar a existência quotidiana... de qualquer maneira, proporciona-nos um excelente indicador" (p. 91).

Orientações didáticas (metodologia de ensino)

O professor deve solicitar aos alunos que, a partir do texto, identifiquem aspectos que "restaram" da vida material do passado e que foram, depois, reaproveitados como orientadores para a ação humana. As impressões dos alunos devem ser debatidas coletivamente, cabendo ao docente sistematizar as conclusões.

Uma vez verificadas as heranças do passado impressas na paisagem, cabe ao professor discutir seu caráter de *fontes históricas*. Partindo da noção de fonte histórica como algo que nos permite reconhecer características do passado, os alunos poderão produzir, inicialmente, um rol de possíveis fontes, de naturezas diversas (materiais e imateriais, escritas e não escritas etc., como livros, obras de arte, canções, memória oral, monumentos diversos, manuscritos e tantas outras). A partir daí é possível tentar sistematizar e classificar as fontes levantadas e, então, inserir as antigas marcas romanas na paisagem nessa sistemática.

Avaliação

Sugere-se, então, que os alunos produzam, individualmente, um texto em que respondam às seguintes questões: (1) O que é uma fonte histórica? (2) Por que as marcas romanas na paisagem são fontes históricas? (3) Que papel heurístico (de orientação para a ação) pode ter a História?

Os textos devem ser apresentados coletivamente, cabendo então ao professor, com o auxílio dos alunos, sistematizar e sintetizar os conceitos.

Aspectos do conhecimento geográfico

Conquanto intimamente relacionada ao desenvolvimento da história, a geograficidade presente no texto euclidiano assenta-se nas características do meio natural e da relação do homem com este, o que certamente configura um dos temas geográficos mais clássicos. Assim, numa perspectiva muito próxima à da escola geográfica francesa que então se desenvolvia (em fins do século XIX e começo do XX), cujo principal expoente era Paul Vidal de La Blache, Euclides expõe uma interpretação nitidamente "possibilista" ao descrever como romanos e, mais tarde, franceses, exploraram ativamente as possibilidades oferecidas por um meio semiárido inóspito para transformá-lo em região produtora de alimentos. Nessa abordagem, o caráter do homem como agente geológico é fortemente ressaltado.

No entanto, é a comparação geográfica entre as condições naturais da região semiárida do norte da África – o *Magreb* – e do sertão nordestino que possibilita a Euclides tomar a experiência de romanos e franceses como orientadora para uma possível – e "lógica" – solução de enfrentamento para os problemas dessa região do Brasil.

Aula 1
Geografia comparada: o Magreb africano e o Sertão nordestino

Objetivos específicos da aula

- Comparação entre fatos geográficos (diferenciação e unicidade);
- Entendimento das particularidades e generalidades das circunstâncias geográficas das regiões semiáridas.

Sequência de conteúdos

- Localização e características do Magreb:
  Posição: entre o Saara e o Mediterrâneo;
  As particularidades climáticas e o regime hidrológico.
- Localização e características do domínio dos sertões semiáridos (ou das caatingas);
- Comparação entre o Magreb e o Sertão;
- O conceito de domínio morfoclimático.

Orientação aos professores

1. *O Magreb*

Conforme Paulet (1998, p. 108) *Djeziret-el-Maghreb* é um termo árabe que significa "a ilha do poente". Mais irrigado e próximo da Europa, estende-se do Marrocos à Tunísia, separado do Saara, ao sul, pelos montes Atlas. Ao longo do litoral apresenta-se uma franja de vegetação mediterrânea (arbustiva) que passa, ao interior, a estepes semiáridas e, finalmente, ao deserto. Em termos humanos, o *Magreb* é um cruzamento onde dominam populações brancas e muçulmanas fortemente ligadas ao mundo árabe. Por sua localização, constituiu um local de contato de civilizações onde se misturaram, desde os romanos, os andaluzes, espanhóis, franceses, italianos, árabes e turcos. Os montanheses berberes são os ocupantes mais antigos.

O *Atlas Classique de Géographie Moderne* – publicação francesa de 1922 Schrader e Gallouédec (1922). – descreve o Magreb como uma grande região natural caracterizada pela presença do sistema montanhoso do Atlas e, ao longo do litoral, pelo domínio do clima mediterrâneo, com chuvas suficientes, mas mal distribuídas e quase ausentes no verão. Não há rios permanentes nem lagos, mas cursos temporários (oueds) e lagunas salgadas (chotts). Conforme o Atlas, "a Tunísia, a Argélia e o Marrocos formam o prolongamento natural da França na África" (carta 68-69).

2. *O domínio dos sertões secos*

Conforme Ab'Saber (2003, p. 14 e ss.), o domínio dos sertões secos ou das caatingas, também referido como domínio das depressões interplanálticas semiáridas do Nordeste, é uma região subequatorial e tropical, de posição nitidamente azonal, e extensão espacial variando entre 700 mil e 850 mil quilômetros quadrados. É uma área de fraca decomposição das rochas, com ocorrência comum de rochedos e solos pedregosos. Há drenagens intermitentes sazonais extensivas relacionadas com o ritmo desigual e pouco frequente das precipitações (350 a 600 mm anuais, não sendo raros anos em que ocorrem inundações). Trata-se de uma região de ocupação antiga, relacionada ao pastoreio extensivo, com uma população sertaneja vinculada à vida nas caatingas e camponeses amarrados à utilização das ribeiras (planícies às margens dos rios) ou "brejos" (microrregiões úmidas e florestadas).

Segundo Romariz (1996, p. 26), as caatingas são o tipo de vegetação característico do Nordeste brasileiro, mas apresentam grande heterogeneidade quanto à fisionomia e a composição florística, em função de fatores como as condições climáticas locais e o tipo de substrato. Considerando os tipos mais gerais, caracteriza-se por elementos lenhosos que perdem as folhas na estação seca e que se acham mais ou menos dispersos sobre um solo em geral raso e quase sempre pedregoso. A perda das folhas e seu tamanho reduzido, a grande ramificação das árvores desde a parte inferior do tronco (que lhes confere aspecto arbustivo), a frequência de plantas espinhentas e suculentas são testemunhos da adaptação da vegetação aos rigores do clima quente e semiárido.

Orientações didáticas (metodologia de ensino)

Os alunos deverão dispor de material cartográfico e de referência para pesquisarem as características básicas das duas regiões naturais abordadas por Euclides: os sertões semiáridos do Nordeste brasileiro e o *Magreb* norte-africano. Sugere-se que produzam uma tabela comparativa, montada segundo os seguintes termos de referência:

– Posição (descrição da localização geográfica);
– Situação (em relação aos entornos) e extensão;
– Condições climáticas;
– Hidrologia;
– Relevo e solos;
– Vegetação;
– Histórico da ocupação humana.

Cabe ao professor, com base nas observações realizadas pelos alunos, sistematizá-las e sintetizar uma tabela coletivamente, aproveitando todas as colaborações.

Pode-se então discutir acerca da comparabilidade entre as duas regiões, ponderando-se semelhanças (generalidades) e diferenças (particularidades).

Avaliação

A caracterização das duas regiões naturais feita para a comparação permite correlacioná-las ao conceito de domínio morfoclimático. O exercício consiste no seguinte: propondo-se aos alunos que as duas regiões estudadas *sejam* domínios morfoclimáticos, então se questiona: o que é um domínio morfoclimático? Com isto visa-se que os alunos consigam abstrair, de suas observações, uma formulação geral que as defina, a partir dos termos de comparação utilizados.

Uma vez formuladas as definições, o professor poderá expor a definição geográfica de domínio morfoclimático, a fim de cotejá-la com aquelas produzidas pelos alunos.

Aula 2
A relação homem-natureza

Objetivos específicos da aula

- Discussão dos referenciais teóricos do autor no que diz respeito à questão da relação homem-natureza;
- Compreender o conceito geográfico de *meio*;
- Diferenciar os pensamentos *possibilista* e *determinista*;
- Discutir a concepção do homem como agente geológico.

Sequência de conteúdos

- O conceito de *meio*;
- O papel ativo do homem ante as condições naturais;
- O homem como agente geológico;
- O caráter *possibilista* do pensamento euclidiano.

Orientação aos professores

Conforme Mérenne-Schoumaker (1999, p. 51), o termo *meio* é sinônino de ambiente, designando o que está à volta de um lugar, atividade, grupo social ou pessoa, e portanto não existe por si, mas em relação a essas referências, e suas dimensões dependem da escala considerada. Em Geografia, guarda dois significados: *espaço natural* e *meio geográfico*, e este último salienta as inter-relações entre elementos de ordem natural (relevo, clima, solos, topografia), as construções humanas (atividades, infraestruturas de transporte etc.) e os sistemas de organização (políticos e sociais). Sendo assim, tem-se um quadro de vida em que são colocadas em evidência dificuldades que condicionam a vida dos homens e influências dos homens nos seus territórios.

Como escreve Fernandes Martins (1954, p. 11-13): "o meio — quadro complexo de condições variadas de clima, solos, associações vegetais, posição, situação, relevo — atua sobre os grupos humanos; estes respondem, reagindo, adaptando-se ativamente a essas condições, determinando-se por uma ou várias das possibilidades que o meio oferece. Não há aqui uma relação de causa e efeito, mas de excitação e reação, pois não vemos que as mesmas causas geográficas produzam sempre iguais efeitos. Será porque as condições variam? Mas neste caso, como o agente que determina esta variação é este ou aquele grupo humano, temos de reconhecer que, para além das chamadas imposições tirânicas do meio, forçoso é considerar a possibilidade da resposta do homem no sentido de as modificar, de lhes diminuir a acuidade.

[...]

Mas, então, as influências do meio? É a ação delas absolutamente nula? Não afirmemos tal; mas se importa não considerar o homem onipotente, não se descortina também a possibilidade de admitir como fatais as influências do meio. E este é, na realidade, um autêntico meio natural ou não será antes um meio geográfico? Por outras palavras: em qualquer ponto do ecúmeno o homem vive num ambiente tal que nunca experimentou modificações de origem humana, que se mantém tal como era desde o início? É ousado afirmá-lo. A própria selva tropical, a tão decantada floresta-virgem, até que ponto, por obra do homem, não será já uma formação secundária?"

Fernandes Martins cita o historiador francês Lucien Fébvre, em *A Terra e a Evolução Humana*: "Para atuar sobre o meio, o homem não se coloca fora dele. Não se lhe subtrai a ação quando trata de exercer a sua sobre ele. E a natureza que atua sobre o homem, que intervém na existência das sociedades humanas

Módulo 2 - A relação homem-natureza nas regiões áridas em Os Sertões

para condicioná-la, não é uma natureza virgem, independente de todo o contato humano; é uma natureza profundamente trabalhada, modificada e transformada já pelo homem. Ações e reações perpétuas" (Martins, 1954, p. 19-20). É, aliás, o próprio Lucien Fébvre, na obra citada (1954), que denomina de "possibilista" a escola geográfica francesa de Vidal de La Blache, em oposição ao "determinismo geográfico" referido particularmente ao pensamento geográfico alemão.

Mas, enfim, como se efetua a ação transformadora humana sobre o meio? Euclides já considerava o homem um *agente geológico* notável. De fato, podemos considerar que a ação geológica humana possa ser adequadamente descrita em termos: (a) da transformação do relevo; (b) da modificação dos processos geológicos que ocorrem na superfície terrestre; e (c) da produção de depósitos geológicos correlativos a tais transformações (estes depósitos sedimentares são denominados tecnogênicos). (Peloggia, 1998, p. 19-21)

Nesse sentido, a abordagem de Euclides, no texto estudado, refere-se essencialmente à ação humana na transformação de processos geológicos. No caso, trata-se especificamente de intervir nos vales fluviais, controlando o fluxo das correntes temporárias a fim de diminuir o ritmo do escoamento, acumular umidade e, por decorrência, produzir uma tendência de alteração climática na direção de condições mais adequadas às necessidades humanas. Fica evidente que as novas condições criadas têm implicações diretas na transformação da paisagem como um todo, seja no desenvolvimento dos processos naturais, seja na sua transformação pela presença humana.

A ação geológica humana, genericamente denominada *tecnogênese*, se deu neste caso no sentido de alterar as condições naturais em direção a um novo estado de equilíbrio, favorável ao desenvolvimento da vida: uma *biostasia* (um conceito proposto por Henri Erhart [1962 e 1966]) de origem humana. No entanto, ação geológica humana pode, o que ocorre frequentemente, se dar no sentido contrário, ou seja, da degradação das condições de equilíbrio paisagístico: ocorre então uma *resistasia* induzida pelo homem.

Orientações didáticas (metodologia de ensino)

O professor deve orientar os alunos a caracterizarem, a partir do texto, a ação humana ante o meio natural relatada por Euclides, por meio da identificação:

(1) Das *características naturais* encontradas;
(2) Das *ações realizadas* que interferiram no meio;
(3) Dos *resultados dessas ações* em termos da reconfiguração do meio.

A partir dos resultados do item 1, o professor pode trabalhar a noção de *meio ou espaço natural*. Das observações do item 2, discutir a *ação geológica do homem*. Já a partir do resultado do item 3, pode-se trabalhar a noção de *meio geográfico*.

Por fim, propõe-se a aplicação desses conceitos a situações diversificadas. O professor poderá trabalhar exemplos de meios naturais diferenciados e meios humanizados em diversas intensidades (urbanos, rurais...), sempre trabalhando a caracterização do meio em relação ao seu elemento de referência. Para tanto, pode-se recorrer a imagens que representem paisagens significativamente ricas em elementos característicos, que possam servir de apoio para os próprios alunos chegarem às suas conclusões.

Avaliação

A concepção da relação homem-natureza exposta por Euclides presta-se à discussão de um dos temas clássicos da Geografia, qual seja o papel do meio no desenvolvimento das sociedades humanas. De modo muito simplificado, para os "possibilistas", o meio oferece um conjunto de alternativas que podem ou não ser exploradas, de acordo com o nível de desenvolvimento da própria sociedade. Para os "deterministas", o meio impõe suas condições de forma decisiva, conformando as sociedades, que vão se adaptar às suas características e refleti-las.

Propõe-se, portanto, o debate sobre a concepção euclidiana da relação homem-natureza. Foi ativa ou meramente adaptativa? O meio determinou o modo do homem agir ou o homem submeteu o meio às suas intenções? Ou algo entre isso? Euclides é possibilista ou determinista? E, enfim, Euclides tem razão ou não?

Sugere-se que os alunos, em grupos, reflitam sobre a questão e, de preferência, levantem argumentos de outras fontes para exemplificar e sustentar suas opiniões. A seguir o professor poderá organizar um debate coletivo e sistematizar as conclusões da classe.

Atividade final interdisciplinar do módulo

Tema
A questão da seca e a questão da água no Nordeste

Introdução

Escreve Darcy Ribeiro (2006, p. 314-315) que "a ordem oligárquica, que monopolizara a terra pela outorga oficial de sesmarias durante a época colonial, continua conduzindo, segundo seus interesses, as relações com o poder público, conseguindo, por fim, colocar até as secas a seu serviço e fazer delas um bom negócio. Cada seca, e por vezes a simples ameaça de uma estiagem, transforma-se numa operação política que, em nome do socorro aos flagelados, carreia vultosas verbas para a abertura de estradas e, sobretudo, a construção de açudes nos criatórios. Nas últimas décadas, enormes somas federais concedidas para o atendimento das populações nordestinas atingidas pelas secas custearam a construção de milhares de açudes, grandes e pequenos, enriquecendo ainda mais os latifundiários (...).

Chegou-se mesmo a implantar uma 'indústria da seca', facilmente simulável numa enorme área de baixa pluviosidade natural, quando para isso se associam os políticos, que, dessa forma, encontram modos de servir sua clientela, os negociantes e empreiteiros de obras que passam a viver e a enriquecer da aplicação de fundos públicos de socorro e os grandes criadores pleiteantes de novos açudes, valorizadores de suas terras e que nada lhes custam."

Problemática

Após realizar a crítica das propostas ocorridas na época (fim do século XIX) para a resolução do enfrentamento do problema da seca na região semiárida nordestina, consideradas superdimensionadas e de resultados duvidosos, e mesmo absurdas em certos casos, Euclides considera a proposta "tunisiana" que ele mesmo descreve como "a única coisa prática, factível, verdadeiramente útil que ficou". E isto porque tal ideia, em relação às que criticou, mesmo mais modesta, as suplantaria porque, "sendo efeito imediato de um ensinamento histórico" e sugerida pelo "mais elementar dos exemplos", além de ser prática, seria a mais lógica.

Análise da realidade contemporânea

O tema da "transposição", ou seja, da transferência artificial de águas da bacia hidrográfica do São Francisco para a parte norte do sertão nordestino, é hoje certamente o ponto central das discussões que envolvem o enfrentamento dos efeitos das condições climáticas adversas dessa região. O assunto é polêmico, sendo acaloradas as discussões que envolvem partidários e adversários deste empreendimento, no âmbito acadêmico, da sociedade civil ou do próprio governo.

Propõe-se a seguinte atividade, que exigirá formação de opinião e posicionamento crítico por parte dos estudantes: o "julgamento da transposição". Para tanto, pode ser imaginada uma assembleia em que partidários e adversários da proposta apresentem e defendam seus argumentos, bem como contraponham os do outro grupo. Isto requer, portanto, pesquisa e organização prévia de informações (dados técnicos, opiniões) que serão utilizadas.

Em um segundo momento, a assembleia debaterá acerca da possibilidade de implantação da proposta de Euclides da Cunha, ponderando suas vantagens e desvantagens em relação à proposta da transposição. Deverá haver um coordenador da assembleia, encarregado de mediar os debates (o próprio professor ou um aluno escolhido), bem como um terceiro grupo de alunos que formará uma comissão relatora, que sistematizará os argumentos e emitirá um parecer decisivo.

Módulo 3
As dimensões humanas, a diversidade paisagística do Cerrado e suas relações ecológicas em *Inocência*, do Visconde de Taunay

1. O autor e a obra

Para Antonio Candido (1985, p. 350 e 2004a, p. 61), o romance regionalista da época do Romantismo constituiu-se num instrumento de descoberta e de interpretação das diferentes áreas do país, com a sua paisagem e os seus costumes, acentuando as particularidades locais. Corresponderia a um "certo tipo de nacionalismo, que levava a preferir como temas os aspectos diversos da sociedade e da natureza". *Inocência*, de Alfredo d'Escragnolle Taunay (1843-1899), "escritor abundante e fluente" e de formação cosmopolita, de origem e educação francesas, porém identificado e bom conhecedor do país (que conheceu como engenheiro militar, combatente na Guerra do Paraguai e administrador de províncias), insere-se nessa produção, "com sua graça campestre crestada pelo sentimento da fatalidade". Para Candido, tratar-se-ia do melhor exemplo da produção regionalista do tempo.

Taunay, de um romantismo "moderado e digno", no dizer de Érico Veríssimo (1995, p. 56), gostava de descrições e seguia, enfim, a tradição dos sertanistas, isto é, a descrição do sertão e de seus habitantes. É também com essa designação – sertanismo – que Nelson Werneck Sodré se refere à ficção romântica regionalista, destacando Taunay, nesse contexto, como uma exceção positiva em relação às deficiências da produção da época: "com uma extraordinária memória visual, reconstitui os ambientes do interior com a miúda fidelidade que tantos confundiram com realismo, enquanto transfere também a alguns tipos essa fidelidade, copiando-os simplesmente da vida e esmerando-se em situá-los na moldura exata em que os conheceu – como falavam, como procediam, como sentiam as coisas e os sentimentos – enquanto se desmanda, como era da regra romântica, na urdidura da intriga, descuidado da verossimilhança. Tal verossimilhança, no entanto, está presente nos outros traços desse paisagista feliz, e por isso sobrevive ao que, nele, foi a carga deformadora da escola. Sobrevive pelo menos em *Inocência*, livro singular em nossas letras, de longa vida e afortunada, difundido e lido através do tempo" (Werneck Sodré, 1982, p. 325-326).

De forma concordante com as opiniões anteriores, para Alfredo Bosi (1995, p. 160), Taunay deu ao regionalismo romântico sua "versão mais sóbria": "homem de pouca fantasia, muito senso de observação, formado no hábito de pesar com a inteligência as suas relações com a paisagem e o meio, Taunay foi capaz de enquadrar a história de *Inocência* em um cenário e em um conjunto de costumes sertanejos onde tudo é verossímil". E isto "sem que o cuidado de o ser [verossímil] turve a atmosfera agreste e idílica que até hoje dá um renovado encanto à leitura da obra".

A mesma visão favorável sobre Taunay e sua obra é destacada por Penjon (2003, p. 119): "enquanto é exaltada e idealizada tanto em [José de] Alencar quanto em [Bernardo] Guimarães, a natureza brasileira é, ao contrário, objeto de estudo e análise em (...) Taunay (...), que revela a existência de um outro Brasil, o do interior, do sertão. Em *Inocência*, descreve com realismo os costumes dos sertanejos e traça um novo caminho para a ficção: o romance do sertão que, mais tarde, dará nascimento ao regionalismo".

Em *Inocência*, Taunay junta "uma história de amor de acentuado sabor romântico, que se passa no interior do Brasil" (especificamente no sertão da então província de Mato Grosso) a uma "descrição realista de hábitos e costumes, episódios e cenários da vida sertaneja". Ou seja, a uma história sentimental estruturada "segundo os moldes do melhor romance romântico", Taunay agrega "valores secundários reais, objetivos, retirados da vida imediata" (Heron de Alencar apud: Werneck Sodré, 1982, p. 333). E o romance se inicia, justamente, com a descrição do sertão matogrossense, incluindo o modo de vida típico do sertanejo, de seu caráter e de sua relação com o meio, bem como os elementos naturais de suas paisagens – vistos, de forma muito interessante, em seus movimentos e processos, de forma dinâmica, prenunciando um discurso que poderíamos chamar hoje de ecológico. É nestes aspectos da obra que nos centraremos neste módulo.

Especificamente sobre o capítulo inicial do livro que tomaremos por base deste módulo, Antonio Candido (que apresenta, em sua obra *Formação da Literatura Brasileira*, um capítulo com o título "A sensibilidade e o bom senso do Visconde de Taunay") escreve que, em *Inocência*, "a paisagem e a vida daqueles ermos são apresentados a partir de alguns temas fundamentais, *compostos* em seguida num ritmo que se diria musical. Daí o tom de *ouverture* dessa página, aliás admirável na sua inspiração telúrica, uma das melhores da literatura romântica, onde se preformam certos movimentos d'A Terra e d'O Homem, n'*Os Sertões*, de Euclides da Cunha" (Candido, 1993, p. 275-276; grifos do autor).

2. O tema e sua atualidade

Há dois temas fundamentais que nos interessam hoje e que são tratados de maneira significativamente avançada por Taunay: o primeiro diz respeito à questão ambiental, ou seja, dos domínios de natureza brasileiros e suas características e necessidades de conservação (e, ressalte-se, para conservar é preciso conhecer), ante as grandes transformações e impactos sofridos por estes, em função da ação humana, ao longo de nossa história, particularmente nas últimas décadas.

No caso particular do *domínio dos cerrados* o que se afigura desde algum tempo é sua degradação significativa, particularmente pelo avanço da agricultura moderna, altamente tecnificada e voltada à produção em larga escala de *commodities*, como a soja, para o mercado mundial. Esse bioma é considerado, nos dias de hoje, um "hot spot" (ponto quente) de biodiversidade, conceito que associa uma diversidade biológica significativa a uma ameaça grave de degradação.

O outro tema é o da valorização da diversidade cultural. Em tempos de globalização e massificação das comunicações, justifica-se a preocupação com a preservação da identidade própria aos diversos grupos societários, tarefa na qual a memória – para a qual o registro do modo de vida sertanejo feito por Taunay é contribuição significativa – assume papel destacado.

3. Adequação para o ensino

Faz parte do conjunto de habilidades e competências proposto pelos PCNs para o Ensino Médio, nas áreas de conhecimento de História e Geografia, entre outras coisas a capacidade de utilização de fontes documentais diversas. Além disso, propõem-se também a produção de textos analíticos a partir dessas fontes, o entendimento de concepções de espaço e tempo como construções culturais e históricas e o reconhecimento das identidades sociais e de sua memória, bem como situar as produções da cultura em seus contextos e constituição e significação e de comparar problemáticas atuais a outros momentos históricos.

Todos esses aspectos podem ser focados e criativamente desenvolvidos a partir do texto de Taunay.

4. Objetivos gerais do módulo

Tomando por base o Capítulo 1 de *Inocência*, em que Taunay descreve a paisagem natural e o modo de vida do sertanejo no Mato Grosso do século XIX, buscar-se-á:
– Compreender as particularidades e qualidades do texto, identificando-lhe os temas centrais e contextualizando-o, bem como conhecer e caracterizar, a partir do texto, a linguagem regional, entendendo-a como um aspecto integrante

da particularidade cultural sertaneja, a fim de sensibilizar o aluno para o respeito e valorização da diversidade cultural;
- No mesmo sentido, trabalhar os tipos humanos e os aspectos do modo de vida sertaneja, para caracterizar sua particularidade cultural;
- Trabalhar os conceitos de localização geográfica e espaço a partir do texto literário, produzindo uma representação cartográfica que expresse tais conceitos;
- Trabalhar, a partir do texto literário, os conceitos geográficos: de transformação espacial, permanência e herança; paisagem; região (tendo por base a concepção de "sertão"); meio natural e bioma;
- Abordar os aspectos ecológicos do cerrado como tema transversal de meio ambiente, aplicando os conceitos ecológicos aprendidos na análise de uma situação prática inspirada no texto literário.

Texto-base

O sertão e o sertanejo

Corta extensa e quase despovoada zona da parte sul-oriental da vastíssima província de Mato Grosso a estrada que da vila de Sant'Ana do Paranaíba vai ter ao sítio abandonado de Camapuã. Desde aquela povoação, assente próximo ao vértice do ângulo em que confinam os territórios de São Paulo, Minas Gerais, Goiás e Mato Grosso até o rio Sucuriú, afluente do majestoso Paraná, isto é, no desenvolvimento de muitas dezenas de léguas, anda-se comodamente, de habitação em habitação, mais ou menos chegadas umas às outras; rareiam, porém, depois as casas, mais e mais, e caminha-se largas horas, dias inteiros sem se ver morada nem gente até ao retiro[1] de João Pereira, guarda avançada daquelas solidões, homem chão e hospitaleiro, que acolhe com carinho o viajante desses alongados páramos, oferecendo-lhe momentâneo agasalho e o provê da matalotagem precisa para alcançar os campos de Miranda e Pequiri, ou da Vacaria e Nioac, no Baixo Paraguai.

Ali começa o sertão chamado bruto.

Pousos sucedem a pousos, e nenhum teto habitado ou ruínas, nenhuma palhoça ou tapera dá abrigo ao caminhante contra a frialdade das noites, contra o temporal que ameaça, ou a chuva que está caindo.

Por toda a parte, a calma da campina não arroteada; por toda a parte, a vegetação virgem, como quando aí surgiu pela vez primeira.

A estrada que atravessa essas regiões incultas desenrola-se à maneira de alvejante faixa, aberta que é na areia, elemento dominante na composição de todo aquele solo, fertilizado aliás por um sem número de límpidos e borbulhantes regatos, ribeirões e rios, cujos contingentes são outros tantos tributários do claro e fundo Paraná, ou, na contravertente, do correntoso Paraguai.

Essa areia solta e um tanto grossa tem cor uniforme que reverbera com intensidade os raios do sol, quando nela batem da chapa. Em alguns pontos é tão fofa e movediça que os animais das tropas viageiras arquejam de cansaço, ao vencerem aquele terreno incerto, que lhes foge de sob os cascos e onde se enterram até meia canela.

Frequentes são também os desvios, que da estrada partem de um e outro lado e proporcionam, na mata adjacente, trilha mais firme, por ser menos pisada.

Se parece sempre igual o aspecto do caminho, em compensação mui variadas se mostram as paisagens em torno.

Ora é a perspectiva dos cerrados, não desses cerrados de arbustos raquíticos, enfezados e retorcidos de São Paulo e Minas Gerais, mas de garbosas e elevadas árvores que, se bem não tomem, todas, o corpo de que são capazes à beira das águas correntes ou regadas pela linfa dos córregos, contudo ensombram com folhuda rama o terreno que lhes fica em derredor e mostram na casca lisa a força da seiva que as alimenta; ora são campos a perder de vista, cobertos de macega alta e alourada, ou de viridente e mimosa grama, toda salpicada de silvestres flores; ora sucessões de luxuriantes capões, tão regulares e simétricos em sua disposição que surpreendem e embelezam os olhos: ora, enfim, charnecas meio apauladas, meio secas, onde nasce o altivo buriti e o gravatá entrança o seu tapume espinhoso.

Nesses campos, tão diversos pelo matiz das cores, o capim crescido e ressecado pelo ardor do sol transforma-se em vicejante tapete de relva, quando não lavra o incêndio que algum tropeiro, por acaso ou mero desenfado, ateia com uma faúlha do seu isqueiro.

Minando à surda na touceira, queda a vívida centelha. Corra daí a instantes qualquer aragem, por débil que seja, e levanta-se a língua de fogo esguia e trêmula, como que a contemplar medrosa e vacilante os espaços imensos que se alongam diante dela.

Soprem então as auras com mais força e de mil pontos a um tempo rebentam sôfregas labaredas que se enroscam umas nas outras, de súbito se dividem, deslizam, lambem vastas superfícies, despedem ao céu rolos de negrejante fumo e voam, roncando pelos matagais de tabacos e taquaras, até esbarrarem de encontro a alguma margem de rio que não possam transpor, caso não as tanja para além o vento, ajudando com valente fôlego a larga obra de destruição.

Acalmado aquele ímpeto por falta de alimento, fica tudo debaixo de espessa camada de cinzas. O fogo, detido em pontos, aqui, ali, a consumir com mais lentidão algum estorvo, vai aos poucos morrendo até se extinguir de todo, deixando como sinal da avassaladora passagem o alvacento lençol, que lhe foi seguindo os velozes passos.

Através da atmosfera enublada mal pode então coar a luz do Sol. A incineração é completa, o calor intenso, e nos ares revoltos volitam palhinhas carboretadas, detritos, argueiros e grânulos, de carvão que redemoinham, sobem, descem e se emaranham nos sorvedouros e adelgaçadas trombas, caprichosamente formadas pelas aragens, ao embaterem umas de encontro às outras.

Por toda parte melancolia: de todos os lados tétricas perspectivas.

É cair, porém, daí a dias copiosa chuva, e parece que uma varinha de fada andou por aqueles sombrios recantos a traçar às pressas jardins encantados e nunca vistos. Entra tudo num trabalho íntimo de espantosa atividade. Transborda a vida. Não há ponto em que não brote o capim, em que não desabrochem rebentões com o olhar sôfrego de quem espreita azada ocasião para buscar a liberdade, despedaçando as prisões de penosa clausura.

Àquela instantânea ressureição nada, nada pode pôr peias.

Basta uma noite para que formosa alfombra verde, verde-claro, verde-gaio, acetinado, cubra todas as tristezas de há pouco. Aprimoram-se depois os esforços; rompem as flores do campo que desabotoam às carícias da brisa as delicadas corolas e lhe entregam as primícias dos cândidos perfumes.

Se falham essas chuvas vivificadoras, então, por muitos e muitos meses, aí ficam aquelas campinas, devastadas pelo fogo, lugubremente iluminadas por avermelhados clarões, sem uma sombra, um sorriso, uma esperança de vida, com todas as suas opulências e verdejantes pimpolhos ocultos, como que raladas de dor e mudo desespero por não poderem ostentar as riquezas e galas encerradas no ubertoso seio.

Nessas aflitas paragens, não mais se ouve o piar da esquiva perdiz, tão frequente antes do incêndio. Só de vez em quando ecoa o arrastado guincho de algum gavião, que paira lá em cima ou bordeja ao chegar-se à terra a fim de agarrar um ou outro réptil chamuscado do fogo que lavrou.

Rompe também o silêncio o grasnido do caracará que aos pulos procura insetos e cobrinhas ou, junto ao solo, segue o voo dos urubus, cujos negrejantes bandos, guiados pelo fino olfato, buscam a carniça putrefata.

É o caracará comensal do urubu. De parceria se atira, quando urgido pela fome, à rês morta e, intrometido como é, a custo de algumas bicadas do pouco amável conviva, belisca do seu lado do imundo repasto.

Se passa o caracará à vista do gavião, precipita-se este sobre ele com voo firme, dá-lhe com a ponta da asa, atordoa-o, atormenta-o só pelo gosto de lhe mostrar a incontestada superioridade.

Nada, com efeito, o mete em brios.

Pelo contrário, mal levou dois ou três encontrões do miúdo, mas audaz adversário, baixa prudente à terra e põe-se aí desajeitadamente aos saltos, apresentando o adunco bico ao antagonista, que com a extremidade das asas levanta pó e cinza, tão de perto as arrasta ao chão.

Afinal, de cansado, deixa o gavião o folguedo, segurando de um bote a serpezinha, que em custoso rasto procurava algum buraco onde fosse, mais a salvo, pensar as fundas queimaduras.

* * *

Tais são os campos que as chuvas não vêm regar.

Com que gosto demanda então o sertanejo os capões que lá de bem longe se avistam nas encostas das colinas e baixuras, ao redor de alguma nascente orlada de pindaíbas e buritis?!

Com que alegria não saúda os formosos coqueirais, núncios de linfa que lhe há de estancar a sede e banhar o afogueado rosto?

Enfileiram-se às vezes as palmeiras com singular regularidade na altura e conformação; mas não raro amontoam-se em compactos maços, dos quais se segregam algumas mais e mais, a acompanhar com as raízes qualquer tênue fio d'água, que coleia falto de forças e quase a sumir-se na ávida areia.

Desde longe dão na vista esses capões.

É a princípio um ponto negro, depois uma cúpula de verdura, afinal, mais de perto, uma ilha de luxuriante rama, oásis para os membros lassos do viajante exausto de fadiga, para os olhos encandeados e a garganta abrasada.

Então, com sofreguidão natural, acolhe-se ao sombreado retiro, onde prestes desarreia a cavalgadura, à qual dá liberdade para ir pastar, entregando-se sem demora ao sono reparador que lhe trará novo alento para prosseguir na cansativa jornada.

Ao homem do sertão afiguram-se tais momentos incomparáveis, acima de tudo quando possa idear a imaginação no mais vasto círculo de ambições.

Satisfeita a sede que lhe secara as fauces, e comidas umas colheres de farinha de mandioca ou de milho, adoçada com rapadura, estira-se a fio comprido sobre os arreios desdobrados e contempla descuidoso o firmamento azul, as nuvens que se espacejam nos ares, a folhagem lustrosa e os troncos brancos das pindaíbas, a copa dos ipês e as palmas dos buritis a ciciar, a modo de harpas eólias, músicas sem conta com o perpassar da brisa.

Como são belas aquelas palmeiras!

O estípite liso, pardacento, sem manchas mais que pontuadas estrias, sustenta denso feixe de pecíolos longos e canulados, em que se assentam flabelas abertas como um leque, cujas pontas se acurvam flexíveis e tremulantes.

Na base e em torno da coma, pendem, amparados por largas espatas, densos cachos de cocos tão duros, que a casca luzidia, revestida de escamas romboidais e de um amarelo alaranjado, desafia por algum tempo o férreo bico das araras.

Também, com que vigor trabalham as barulhentas aves antes de conseguir a apetecida e saborosa amêndoa! Em grupos juntam-se elas, umas vermelhas como chispas soltas de intensa labareda, outras versicolores, outras pelo contrário de todo azuis, de maior viso e que, por parecerem negras em distância, têm o nome de araraúnas[2]. Ali ficam alcandoradas, balouçando-se gravemente e atirando, de espaço a espaço, às imensidades de dilatadas campinas notas estridentes, quando não seja um clamor sem fim, ao quererem muitas disputar o mesmo cacho. Quase sempre, porém, estão a namorar-se aos pares, pousando uma bem encostadinha à outra.

Vê tudo aquilo o sertanejo com olhar carregado de sono. Caem-lhe pesadas as pálpebras; bem se lembra de que por ali podem rastejar venenosas alimárias, mas é fatalista: confia no destino e, sem preocupação, adormece com serenidade.

Correm as horas: vem o Sol descambando; refresca a brisa, e sopra rijo o vento. Não ciciam mais os buritis: gemem, e convulsamente agitam as flabeladas palmas.

É a tarde que chega.

Desperta então o viajante: esfrega os olhos; distende preguiçosamente os braços; boceja; bebe um pouco d'água; fica uns instantes sentado, a olhar de um lado para outro, e corre, afinal, a buscar o animal, que de pronto encilha e cavalga.

Uma vez montado, lá vai ele a passo ou a trote, bem disposto de corpo e de espírito, por aqueles caminhos além, em demanda de qualquer pouso onde pernoite.

Quanta melancolia baixa à terra com o cair da tarde!

Parece que a solidão alarga os seus limites para se tornar acabrunhadora. Enegrece o solo; formam os matagais sombrios maciços, e ao longe se desdobre tênue véu de um roxo uniforme e desmaiado, no qual, como linhas a meio apagadas, ressaltam os troncos de uma ou outra palmeira mais alterosa.

É a hora em que se aperta de inexplicável receio o coração. Qualquer ruído nos causa sobressalto; ora o grito aflito do zabelê nas matas, ora as plangentes notas do bacurau a cruzar os ares. Frequente é também amiudarem-se os pios angustiados de alguma perdiz, chamando ao ninho o companheiro extraviado, antes que a escuridão de todo lhe impossibilite a volta.

Quem viaja atento às impressões íntimas estremece, mau grado seu, ao ouvir nesse momento de saudades o tanger de um sino muito, muito ao longe, ou o silvar distante de uma locomotiva impossível. São insetos ocultos na macega que trazem essa ilusão, por tal modo viva e perfeita, que a imaginação, embora desabusada e prevenida, ergue o voo e lá vai por estes mundos afora, a doidejar e criar mil fantasias.

* * *

Espalham-se, por fim, as sombras da noite.

O sertanejo que nada cuidou, que não ouviu as harmonias da tarde, nem reparou nos esplendores do céu, que não viu a tristeza a pairar sobre a terra, que de nada se arreceia, consubstanciado como está com a solidão, para, relanceia os olhos ao derredor de si e, se no lugar pressente alguma aguada, por má que seja, apeia-se, desencilha o cavalo e, reunindo logo uns gravetos bem secos, tira fogo do isqueiro, mais por distração do que por necessidade.

Sente-se deveras feliz. Nada lhe perturba a paz do espírito ou o bem-estar do corpo. Nem sequer monologa, como qualquer homem acostumado a conversar.

Raros são os seus pensamentos: ou rememora as léguas que andou, ou computa as que tem que vencer para chegar ao término da viagem.

No dia seguinte, quando aos clarões da aurora acorda toda aquela esplêndida natureza, recomeça a caminhar, como na véspera, como sempre.

Nada lhe parece mudado no firmamento: as nuvens de si para si são as mesmas. Dá-lhe o Sol, quando muito, os pontos cardeais, e a terra só lhe prende a atenção quando algum sinal mais particular pode servir-lhe de marco miliário na estrada que vai trilhando.

– Bom! Exclama em voz alta e alegre ao avistar algum madeiro agigantado ou uma disposição especial de terras, lá está a peúva grande... Cheguei ao barranco alto. Até ao pouso de Jacaré há quatro léguas bem puxadas.

Em olhando para o Sol, conclui:

– Daqui a três horas estou batendo fogo.

Ocasiões há em que o sertanejo dá para assobiar. Cantar é raro; ainda assim, à surdina: mais uma voz íntima, um rumorejar consigo, do que notas saídas do robusto peito. Responder ao pio das perdizes ou ao chamado agoniado da esquiva jaó é o seu divertimento em dias de bom humor.

É-lhe indiferente o urro da onça. Só por demais repara nas muitas pegadas, que em todos os sentidos ficam marcadas na areia da estrada.

– Que bichão! Murmura ele contemplando um rasto mais fortemente impresso no solo; com um bom onceiro[3].

O legítimo sertanejo, explorador dos desertos, não tem, em geral, família. Enquanto moço, seu fim único é devassar terras, pisar campos onde ninguém antes pusera pé, vadear rios desconhecidos, despontar cabeceiras[4] e furar matas que descobridor algum até então haja varado.

Cresce-lhe o orgulho na razão da extensão e importância das viagens empreendidas, e seu maior gosto cifra-se em numerar as correntes caudais que transpôs, os ribeirões que batizou, as serras que transmontou e os pantanais que afoitamente cortou, quando não levou dias e dias a rodeá-los com rara paciência.

Cada ano que finda traz-lhe mais um valioso conhecimento e acrescenta uma pedra no monumento da sua inocente vaidade.

– Ninguém pode comigo, exclama enfaticamente. Nos campos da Vacaria, no sertão do Mimoso, nos pantános[5] do Pequiri, sou rei.

E esta presunção de realeza infunde-lhe certo modo de falar e de gesticular majestático em sua singela manifestação. A certeza que tem de que nunca poderá perder-se na vastidão como que o libera da obsessão do desconhecido, o exalta e lhe dá foros de infalibilidade.

Se estende o braço, aponta com segurança no espaço e declara peremptoriamente:

– Neste rumo, daqui a 20 léguas fica o espigão-mestre de uma serra *braba*, depois um rio grosso: dali a cinco léguas outro mato sujo que vai findar num brejal. Se *vassuncê* frechar direitinho assim umas duas horas, topa com o pouso do tatu, no caminho que vai a Cuiabá.

O que faz numa direção, com a mesma imperturbável serenidade e firmeza, indica em qualquer outra.

A única interrupção que aos outros consente, quando conta os inúmeros descobrimentos, é a da admiração. À mínima suspeita de dúvida ou pouco-caso, incendem-se-lhe de cólera as faces e no gesto denuncia-se-lhe a indignação.

– *Vassuncê* não credita! Protesta então com calor. Pois encilhe o seu bicho e caminhe como eu lhe disser. Mas *assunte*[6] bem, que no terceiro dia de viagem ficará decidido quem é *cavoqueiro*[7] e *embromador*[8]. Uma coisa é *mapiar*[9] à toa, outra andar com tento por estes mundos de Cristo.

Quando o sertanejo vai ficando velho, quando sente os membros cansados e entorpecidos, os olhos já enevoados pela idade, os braços frouxos para manejar a machadinha que lhe dá o substancial palmito ou o saboroso mel de abelhas, procura então quem o queira para esposo, alguma viúva ou parenta chegada, forma casa e escola, e prepara os filhos e enteados para a vida aventureira e livre que tantos gozos lhe dera outrora.

Esses discípulos, aguçada a curiosidade com as repetidas e animadas descrições das grandes cenas da natureza, num belo dia desertam da casa paterna, espalham-se por aí além, e uns nos confins do Paraná, outros nas brechas de São Paulo, nas planuras de Goiás ou nas bocainas de Mato Grosso, por toda parte enfim, onde haja deserto, vão pôr em ativa prática tudo quanto souberam tão bem ouvir, relembrando as façanhas do seu respeitado progenitor e mestre. (Taunay, s/d)

Notas do autor (Visconde de Taunay): [1]*Retiro*: chama-se em Mato Grosso retiro o local em que os criadores de gado reúnem as reses para as contar, marcar e dar-lhes sal. – [2]*Araraúna*: araras pretas. – [3]*Onceiro*: cão caçador de onças. – [4]*Despontar cabeceiras*: despontar cabeceiras é rodear as nascentes dos rios, procurando sempre terreno enxuto. – [6]*Pantános*: No interior pronuncia-se a palavra grave e não esdrúxula, mais conforme assim com a etimologia. – [7]*Cavoqueiro*: cavouqueiro é qualificativo empregado para exprimir qualquer qualidade má. – [8]*Embromador*: enganador. – [9]*Mapiar*: termo peculiar aos sertões de Mato Grosso.

Sequência didática

Aspectos da língua portuguesa

Aula 1
Aproximação ao texto

Objetivos específicos da aula
- Compreender as particularidades e qualidades do texto, identificando-lhe os temas centrais e contextualizando-o.

Sequência de conteúdos
- Breve contextualização do autor e da obra em sua época;
- Compreensão do texto e vocabulário;
- O estilo do autor e sua época.

Orientação aos professores

1. *O Romantismo*

Lembra Cademartori (1996, p. 41) que o Romantismo, além de suas outras características, valorizou os fatores locais, fazendo do *nacionalismo* um traço decisivo de estilo. No Brasil, foi o correspondente no plano artístico de nossa liberdade política, sendo usado como afirmação da identidade nacional no processo de autonomia literária. Os temas locais ganham importância, cabendo às descrições darem conta da exuberância da paisagem e da peculiaridade dos costumes. Ou seja, busca-se captar a "atmosfera local", o específico do Brasil, os assuntos, expressões e tipos locais.

> Individualismo, valorização das emoções, moralismo, antitradicionalismo, melancolia, remotismo espacial e temporal, valorização da imaginação, culto à natureza.

2. *O texto argumentativo*

Um texto argumentativo visa *convencer* o leitor da justeza de uma afirmação feita, por exemplo, que sustente uma resposta dada a uma questão proposta. É também usado para justificar uma tomada de posição ou para motivar alguém a fazer algo, fornecendo-lhes razões para uma escolha autônoma. Para tanto, deve haver uma construção textual em que o discurso seja articulado por meio do encadeamento lógico de argumentos que construa progressivamente sua opinião (Köche et al., 2006, p. 67) – e que permita ao leitor, desse modo, acompanhar essa construção e perceber sua lógica.

Ou seja, o texto argumentativo possui uma tese (uma ideia que será defendida), argumentos que sustentam essa ideia e raciocínios que articulam os argumentos (relacionando-os com o ponto de vista defendido e encadeando-os entre si) de maneira que sustente o ponto de vista referido.

Orientações didáticas (metodologia de ensino)

Antes de mais nada, sugere-se que os alunos assistam ao filme *Inocência*, de Walter Lima Jr. (1983), que propiciará uma visão geral da obra estudada e a discussão inicial de suas características. O filme poderá ser usado sempre, no

Módulo 3 - As dimensões humanas, a diversidade paisagística do Cerrado

decorrer das lições, como ponto de referência auxiliar para atividades e debates realizados.

1. O texto de Taunay deve ser lido pelos alunos, que verificarão as dificuldades de vocabulário, podendo anotar os esclarecimentos à margem do próprio texto.
2. Em seguida, propõe-se a leitura e discussão coletiva, em que podem ser esclarecidos os significados de passagens do texto que suscitarem dúvidas de compreensão.
3. Apesar de ser enquadrado no período romântico, Taunay apresenta uma descrição "realista" da paisagem e dos costumes sertanejos. Os alunos devem, em equipes, ressaltar passagens do texto que exemplifiquem tais descrições, caracterizando-as ou não pelos critérios de *objetividade* e *verossimilhança*.
4. Concluídas as observações anteriores, cabe destacar a relação entre as qualidades citadas com o estilo do autor, discutindo-se coletivamente se elas constituem ou não uma restrição ou empobrecimento do texto literário. Ou ainda, pelo contrário, em que contribuem para a caracterização das virtudes do texto.
5. Cabe agora ao professor discutir, a partir do contexto histórico e da vida do autor, os motivos pelos quais se configura a particularidade literária de Taunay.

Avaliação

Os alunos poderão produzir um *texto argumentativo* em que, com base nos estudos e debates realizados ao longo da lição, proponham uma resposta a uma questão, e em seguida argumentem de maneira a sustentá-la.

A questão proposta é: na opinião do aluno, o texto de Taunay, por suas qualidades, configura uma boa fonte de informação a partir da qual ele possa aprender História e Geografia?

Aula 2
O estilo do autor e a *linguagem do sertão*

Objetivos específicos da aula

- Conhecer e caracterizar, a partir do texto, a linguagem regional, entendendo-a como um aspecto integrante da particularidade cultural sertaneja;
- Sensibilizar o aluno para o respeito e valorização da diversidade cultural.

MÓDULO 3 - AS DIMENSÕES HUMANAS, A DIVERSIDADE PAISAGÍSTICA DO CERRADO

Sequência de conteúdos

- Os níveis de linguagem;
- O modo de falar regional.

Orientação aos professores

Köche et al. (2006, p. 9-10) lembram que os diferentes *níveis de linguagem* caracterizam-se por especificidades de fala e escrita decorrentes de interações originadas entre os membros da sociedade na prática de seus mais diversos atos. Por exemplo, no nível da linguagem popular, apresentam-se desvios da linguagem padrão, como excesso de gírias, onomatopeias e clichês.

Enfim, como ressaltam os *Parâmetros Curriculares do Ensino Médio* (Brasil, 1999b, p. 35), a língua não pode ser divorciada do contexto social vivido, e a linguagem verbal deve ser entendida como construção humana e histórica de um sistema linguístico e comunicativo nesse contexto determinado, ou seja, no mundo sociocultural em que o homem desenvolve seus sistemas simbólicos e comunicativos.

Orientações didáticas (metodologia de ensino)

Todas as pessoas têm um modo de falar próprio compartilhado de seu contexto social, de sua geração etc. É interessante, inicialmente, trabalhar com os alunos a identificação dessas particularidades, em primeiro lugar pela conscientização de sua própria identidade linguística. Isto pode ser feito por comparação: como falam entre si no dia a dia? Como falam seus pais e familiares mais velhos? Como se fala nas novelas e filmes? E nas diferentes regiões que eles conhecem? E nos bairros em que vivem, fala-se diferente dos outros? Fala-se do mesmo modo em todas as situações? O que diferencia a fala?

O debate pode ser aprofundado: fala-se sempre igual ao longo do tempo?

Taunay, no texto estudado, utiliza-se de termos e construções verbais que são característicos do modo de falar típico do sertão, em sua época. Os alunos devem, trabalhando em duplas, identificar no texto os *modos de falar* (termos, expressões e construções gramaticais) que caracterizem as particularidades linguísticas do sertanejo. A seguir, podem caracterizar a que nível de linguagem

153

se referem e, com o auxílio do professor, efetuarem uma discussão coletiva comparando o modo de falar identificado com aqueles característicos de outras regiões.

Avaliação

Sugere-se aqui a realização coletiva de uma pequena *peça teatral*, fundamentada no texto, que apresente e caracterize o modo de vida e o falar do sertanejo. A construção dos diálogos ou da narração que houver pode e deve, no entanto, extrapolar ao texto, recorrendo a pesquisas adicionais. A abordagem criativa do tema deve ser incentivada, e é interessante que se faça uma apresentação pública, a fim de socializar o resultado do trabalho com a comunidade escolar e, por que não, a família etc.

Aspectos do conhecimento histórico

A historicidade de *Inocência* é, ao mesmo tempo, geográfica. Isto porque o sertão matogrossense, descrito no texto aqui estudado, não é um mero cenário, mas um personagem onipresente, que define os padrões de um modo de vida e não apenas se reduz a circunstâncias naturais "sobre" as quais se desenrola a história. Nesse sentido, o sertão como domínio cultural não se distingue do sertão como domínio de natureza, antes configuram aspectos particulares da mesma totalidade.

É neste contexto geográfico que se desenrola a história longa, arrastada e tradicional, onde as distâncias são medidas por tempo e o tempo passa e repassa como se não tivesse passado, pois tudo permanece, ciclicamente. Assim como é cíclica a natureza, que se rejuvenesce pela ação do fogo, é cíclica a vida humana, em que os filhos repetem o que fizeram os pais.

aula 1
O domínio sociocultural sertanejo

Objetivos específicos da aula

- Trabalhar os tipos humanos e os aspectos do modo de vida sertaneja, de maneira que se caracterize sua particularidade cultural.

MÓDULO 3 - AS DIMENSÕES HUMANAS, A DIVERSIDADE PAISAGÍSTICA DO CERRADO

Sequência de conteúdos

- O tipo humano sertanejo;
  - *a hospitalidade.*
- A vida no sertão (estruturas do cotidiano);
- A economia;
  - *a pecuária;*
  - *as trocas: tropas viageiras.*
- A cultura oral;
- O "gênero de vida" sertanejo.

Orientação aos professores

Assim descreve Darcy Ribeiro o "Brasil sertanejo":

"Para além da faixa nordestina das terras frescas e férteis do massapé, com rica cobertura florestal, onde se implantaram os engenhos de açúcar, desdobram-se as terras de uma outra área ecológica. Começam pela orla descontínua ainda úmida do agreste e prosseguem com as enormes extensões semiáridas das caatingas. Mais além, penetrando já no Brasil Central, se elevam em planalto como campos cerrados que se estendem por milhares de léguas quadradas.

[...]

No agreste, depois nas caatingas e, por fim, nos cerrados, desenvolveu-se uma economia pastoril associada originalmente à produção açucareira como fornecedora de carne, de couros e de bois de serviço. Foi sempre uma economia pobre e dependente. Contando, porém, com a segurança de um crescente mercado interno para sua produção, além da exportação de couro, pôde expandir-se continuamente através dos séculos. Acabou incorporando ao pastoreio uma parcela ponderável da população nacional, cobrindo e ocupando áreas territoriais mais extensas que qualquer outra atividade produtiva.

Conformou, também, um tipo particular de população com uma subcultura própria, a sertaneja, marcada por sua especialização ao pastoreio, por sua dispersão espacial e por traços característicos identificáveis no modo de vida, na organização da família, na estruturação do poder, na vestimenta típica, nos folguedos estacionais, na dieta, na culinária, na visão de mundo e numa religiosidade propensa ao messianismo" (Ribeiro, 2006, p. 306-307).

Ainda conforme Ribeiro:

"As populações sertanejas, desenvolvendo-se isoladas da costa, dispersas em pequenos núcleos através do deserto humano que é o mediterrâneo pastoril, conservaram muitos traços arcaicos. A eles acrescentaram diversas peculiaridades adaptativas ao meio e à função produtiva que exercem, ou decorrentes dos tipos de sociedades que desenvolveram. Contrastam flagrantemente em sua postura e sua mentalidade fatalista e conservadora com as populações litorâneas, que gozam de intenso convívio social e se mantêm em comunicação com o mundo." (p. 320)

Orientações didáticas (metodologia de ensino)

Cabe aqui a análise do texto de forma que os alunos identifiquem e caracterizem o sertanejo como tipo humano, as características da vida cotidiana, a economia e a cultura. Enfim, o "gênero de vida" sertanejo.

Sugere-se que a sala seja dividida em equipes, cada uma responsável pela caracterização de um desses aspectos. Os resultados devem ser expostos e debatidos coletivamente, na forma de um seminário sobre o tema, em que o professor e os colegas possam intervir.

Avaliação

Com base nas discussões efetuadas no seminário, caberá a cada aluno realizar um texto de síntese em que se caracterize, de forma abrangente, o modo de vida sertanejo.

Aspectos do conhecimento geográfico

O que faz o sertão ser sertão? É esta questão a essência da transbordante *geograficidade* do texto de Taunay e o elo de coesão entre os diversos elementos da descrição. O sertão é, de um lado, um meio e uma paisagem, tem uma dinâmica natural e uma organização do espaço que tem uma lógica que lhe é própria. Mas é ao mesmo tempo um cenário em que seres humanos vivem e convivem. E é justamente na particularidade da relação entre o homem e o meio que se define o sertão: como categoria geográfica, este não se define por uma paisagem em especial, pois que esta só é como é, natural, porque foi pouco transformada. E só foi pouco transformada porque trata-se de espaços interiorizados, afastados ou pouco atrativos à ocupação humana, enfim, em que a civilização com sua modernidade e seus ritmos não adentraram, ou o fizeram de forma pouco significativa. Resta a tradição, o tempo lento e arrastado, o meio como fator preponderante ao homem.

A articulação entre as diversas expressões dos fenômenos espaciais (sejam processos naturais ou dimensões humanas) permite o desdobramento do estudo do texto em aulas que trabalhem desde conceitos geográficos fundamentais (acima citados) até situações biogeográficas e processos ecológicos relativamente complexos (dando oportunidade da inserção transversal do estudo de temas ambientais), que Taunay descreve e analisa brilhantemente: como *processualidade*.

De fato, o texto estudado é um exemplo extraordinário de pensamento multilateral, que vê a realidade em suas diversas facetas, procurando construir um quadro de referência – essencialmente emoldurado pela noção de região – para o desenrolar da trama. Enfim, configura-se em *Inocência* uma extraordinária aula de Geografia.

Aula 1
A localização geográfica e o início da construção do "*mapa literário*"

Objetivos específicos da aula
- Trabalhar os conceitos de localização geográfica e espaço a partir do texto literário;
- Produzir uma representação cartográfica que expresse tais conceitos;
- Trabalhar os conceitos de transformação espacial, permanência e herança.

Recursos didáticos complementares

- Bases cartográficas de detalhe adequado, como um bom atlas geográfico ou um mapa do Brasil (um mapa rodoviário, por exemplo);
- Folhas para desenho, régua, lápis preto e coloridos;
- Papel transparente.

Sequência de conteúdos

- A localização geográfica: onde se passa a história?
  - Os conceitos de localização e orientação geográficas;
  - As referências de localização;
  - Os conceitos de cartografia sistemática e temática;
  - Produção do mapa literário.
- A realidade imita a arte: os locais "Taunay" e "Inocência", as transformações e as permanências e heranças espaciais.

Orientação aos professores

Conforme Dolfuss (1973, p. 18 e ss. e 1991, p. 9 e ss.), localizar consiste, além de indicar as *coordenadas geográficas* (geodésicas: latitude, longitude, altitude), em definir o *sítio* e a *posição*, o que leva ao reconhecimento dos *sistemas que organizam o espaço*. O sítio é entendido como o receptáculo territorial de um elemento do espaço, enquanto a posição depende justamente do sistema de relações que o elemento mantém com outros elementos, próximos ou distantes. Assim, sendo localizável, o espaço geográfico pode ser cartografado. A representação cartográfica é um dos modos de expressão da geografia particularmente mais destacado, permitindo *situar* os fenômenos e esquematizar os componentes do espaço, de acordo com uma escala escolhida e com as referências adotadas.

O conceito de **mapa literário** que propomos aqui consiste, essencialmente, de uma representação cartográfica temática especial que associa elementos de localização e orientação geográficas e de expressão paisagística, cujo objetivo é a caracterização do lugar de desenvolvimento da trama (no caso, uma região). Trata-se, em síntese, de um mapa que "traduza" a linguagem verbal do texto literário em linguagem "geocartográfica", associando e fazendo corresponder adequadamente aos aspectos do texto que informem sobre localização e elementos paisagísticos os elementos e símbolos cartográficos que lhes representem.

Orientações didáticas (metodologia de ensino)

1. O primeiro procedimento proposto aos alunos consiste em identificar e listar os elementos de localização geográfica presentes no texto de Taunay (localidades, rios, lugares etc.). Nesse momento, após a exposição dos elementos selecionados, cabe ao professor discutir com os estudantes a natureza de tais referências de localização, qualificando-os e diferenciando-os com a utilização de conceitos geográficos apropriados: são referidos os *territórios* das províncias, *localidades* (lugares) específicas, *posições* referenciadas aos pontos cardeais, *rios* (representantes de bacias hidrográficas) e *paisagens*.

2. Com o auxílio do Atlas ou mapa do Brasil, produzir um mapa (o "mapa literário") em que constem os elementos identificados, representando-os por símbolos apropriados e identificando-os.

3. Finalizar o mapa atentando-se para os seguintes elementos:
   - Legenda;
   - Escala;
   - Orientação (pontos cardeais);
   - Localização (coordenadas geográficas).

   Neste momento devem ser trabalhados os elementos de representação cartográfica necessários e apropriados, os símbolos adequados, o uso de cores, os elementos escritos e a construção da legenda, enfim, as técnicas de produção de um mapa temático. Os conceitos de escala cartográfica, localização geográfica (coordenadas) e orientação devem ser trabalhados em função do processo de construção do mapa.

4. Ilustrar o mapa criativamente, com motivos inspirados no texto, que sejam característicos do meio natural e do modo de vida dos habitantes (ou seja, trata-se de inserir no mapa elementos paisagísticos). Para tanto, é necessário que os alunos retornem ao texto. Dar um título ao mapa.

Avaliação

1. A observação atenta de um mapa atual do Estado do Mato Grosso do Sul mostrará a existência de duas localidades: "Taunay" e "Inocência". Questões de pesquisa podem ser propostas para os alunos: quando surgiu a cidade de Taunay? A denominação tem relação com o romance? Inocência se chama Inocência em função da obra de Taunay? Ou foi a obra de Taunay que se inspirou no nome da cidade?

2. Os alunos devem observar o mapa atual e compará-lo com o *mapa literário* produzido, identificando em que diferem as regiões consideradas hoje daquele tempo (quais as transformações espaciais ocorridas), bem como assinalando os elementos que não mudaram (as permanências ou heranças espaciais).

aula 2
A paisagem do sertão

Objetivos específicos da aula

- Trabalhar o conceito de paisagem a partir de seus elementos característicos apresentados no texto literário.

Sequência de conteúdos

- Os elementos fundamentais da paisagem e sua repetição;
- A monotonia da paisagem no cerrado;
- A caracterização da paisagem sertaneja como fisionomia da região;
- O conceito de paisagem;
- Produção do mapa literário.

Orientação aos professores

1. Conceito de paisagem

A paisagem é um dos conceitos fundamentais da análise geográfica e significa a expressão visual do *modo de ser característico de certo espaço*, um *sítio* ou *região*, cujo aspecto é dado pela disposição e articulação particular dos elementos geográficos. Conforme Jean-Marc Besse (2006, p. 63 e ss.), tal aspecto visível, na abordagem geográfica, revela *algo*, não sendo, portanto, reduzido a uma representação. A realidade expressa pela paisagem, desse modo, pode ser *lida*, para extrair-se "formas de organização do espaço, estruturas, formas, fluxos, tensões, direções e limites, centralidades e periferias". Isso é possível porque, no entendimento geográfico, a paisagem, como "fisionomia do espaço terrestre" ou "aspecto característico de uma região", é um produto objetivo de interações e combinações, evolutivas no tempo e no espaço, entre um conjunto de condições e constrições naturais (geológicas, geomorfológicas, botânicas) e de um conjunto de realidades humanas (econômicas, sociais e culturais). Assim, como um *fato geográfico*, mas também *histórico*, a paisagem significa um testemunho "impresso" da ação de causas naturais e humanas, sendo a superfície terrestre o "substrato plástico" sobre o qual os diversos agentes de impressão inscrevem seus efeitos. Em outras palavras, o fato geográfico se apresenta como uma "escritura", quer dizer, a paisagem é a superfície terrestre "escrita". Nesse sentido, a *Geografia* preocupa-se com a *grafia* (escrita) objetiva da Terra, cabendo ao saber geográfico empreender a decodificação dessa escrita.

2. A análise da paisagem

Conforme Olivier Dolfuss (1973, p. 13-14), nos estudos geográficos nos encontramos, de início, diante da paisagem, que como vimos representa o aspecto visível e diretamente perceptível do espaço. Este aspecto é dado a partir de suas "formas", que decorrem dos dados do meio natural ou são resultantes da intervenção humana que imprime sua marca nesse espaço. Esta paisagem é composta, ou seja, é formada de elementos que se articulam uns com relação aos outros, sejam pertencentes ao domínio natural abiótico (ou *potencial ecológico*: o substrato geológico, o clima, as águas) e biótico (a *exploração biológica*: as comunidades vegetais e animais que nascem, se desenvolvem e se "dissolvem" utilizando o suporte do potencial ecológico) ou aos grupos humanos que os modelam (a *utilização antrópica* representada pelo tipo socioeconômico de organização do espaço).

Assim, ao se estudar uma paisagem, classificam-se as formas pertencentes a cada um desses grupos e procura-se estabelecer um quadro das relações existentes entre os grupos de elementos. Observam-se assim as repetições, continuidades, regularidades e irregularidades, bem como diferenças e singularidades de certas situações, procurando-se extrair o significado de suas localizações. Ainda conforme Dolfuss, seja qual for o nível de percepção adotado, cada jogo de elementos repetidos confere à paisagem uma fisionomia que deve ser descrita e explicada.

Dolfuss (1991, p. 11) lembra também que, uma vez que a fisionomia da Terra está em constante transformação, toda paisagem, ao refletir uma porção do espaço, ostenta marcas de um passado mais ou menos remoto, cujas marcas podem ter sido apagadas ou modificadas de maneira desigual, mas que estão sempre presentes: "é um palimpsesto onde a análise das sucessivas heranças permite que se rastreiem as evoluções".

3. A paisagem do Cerrado

Escreve Aziz Ab'Saber (2003, p. 30) que os planaltos tropicais interiorizados da porção centro-oeste do país constituem um domínio particular de paisagens, em termos de relevo e vegetação: "Quando se atingem as áreas interiores de Goiás e Mato Grosso, ao invés de encontrar florestas por todos os níveis de topografia, como é o caso do Brasil de Sudeste, ou de encontrar caatingas extensas nas depressões interplanálticas ou intermontanas, como seria o caso do Nordeste semiárido, depara-se com o arranjo clássico, homogêneo e monótono, da paisagem peculiar às áreas de savanas. As formações vegetais talvez não sejam tipicamente de savanas, mas o arranjo e a estrutura de paisagens constituem uma amostra perfeita dos quadros paisagísticos zonais, que caracterizam essa unidade tão frequente do cinturão intertropical do globo".

Conforme o autor citado, nos interflúvios (espaços entre os cursos d'água) elevados dos 'chapadões' predominam formas topográficas planas e maciças e solos pobres (*latossolos* e *lateritas*), aparecem formações vegetais de cerrados, cerradões e campestres. Já no fundo dos vales, nas planícies aluviais, ocorrem florestas de galerias, em geral largas e contínuas. Forma-se, assim, um *mosaico ordenado* de vegetação subestépica e de vegetação florestal densa, tendo cada um desses ecossistemas uma posição definida em função da topografia, dos tipos de solos, do quadro climático e das características hidrológicas.

Conforme a descrição de Darcy Ribeiro (2006, p. 306-307), "toda essa área conforma um vastíssimo mediterrâneo de vegetação rala, confinado, de um lado, pela floresta da costa atlântica, do outro pela floresta amazônica e fechado ao sul por zonas de matas e campinas naturais. Faixas de florestas em galeria cortam esse mediterrâneo, acompanhando o curso dos rios principais, adensando-se em capões de mata ou palmeirais de carnaúba, buriti ou babaçu, onde encontram terreno mais úmido. A vegetação comum, porém, é pobre, formada de pastos naturais ralos e secos e de arbustos enfezados que exprimem em seus ramos e troncos tortuosos, em seu enfolhamento maciço e duro, a pobreza das terras e a irregularidade do regime de chuvas".

Orientações didáticas (metodologia de ensino)
1. Partindo da noção intuitiva de paisagem como o "aspecto visual" de um lugar ou região, trata-se de voltar ao texto para que os alunos, num exercício de imaginação, "visualizem" mentalmente a descrição feita por Taunay. A noção de paisagem pode ser sistematizada pelo professor a partir do conhecimento prévio dos alunos, por meio de exemplos ou mesmo do uso de imagens projetadas, que devem ser caracterizadas como paisagens ou não.
2. O exercício consiste da produção, pelos alunos, do que denominamos "paisagem literária". Os alunos devem estar dispostos o mais confortavelmente possível, em silêncio e relaxados. A luminosidade deve ser reduzida. O professor lê o texto, procurando moldar sua entonação a fim de "interpretá-lo", em termos de ênfase, ritmo e intensidade (isto objetiva aguçar a sensibilidade dos alunos e facilitar que estes "penetrem" na descrição). Enquanto o professor lê os alunos estarão, em uma folha em branco, visualizando mentalmente a paisagem descrita verbalmente e desenhando-a.
3. Sugere-se que os alunos troquem entre si os desenhos. Eles poderão verificar assim que há diversos elementos em comum nas *paisagens literárias* produzidas

por eles, o que reflete a objetividade do texto literário traduzida pelas representações simbólicas realizadas.

4. Os elementos caracterizadores da paisagem, naturais ou humanos, localizados no texto, devem ser listados e classificados. Os elementos elencados pelos alunos (ou equipes) devem ser discutidos de modo que se estabeleça um quadro único de referência.

5. Tendo em vista a análise realizada, é possível agora solicitar aos alunos que produzam, em primeiro lugar, um enunciado descritivo da paisagem da região, a partir dos elementos selecionados anteriormente (trata-se de responder à questão: como é a paisagem da região considerada?). Isto feito, passa-se então à apresentação e discussão coletiva dos enunciados produzidos.

6. Sugere-se que, neste momento, o professor ressalte as características gerais presentes nos enunciados, ou seja, o que há de comum em todas as descrições. A partir daí, propõe-se aos alunos responder à questão: o que é paisagem?

7. A partir da discussão coletiva dos novos enunciados produzidos, cabe ao professor sistematizá-los, ressaltando como produto final da discussão o conceito de paisagem. Tal conceito produzido pode, então, ser comparado aos conceitos clássicos enunciados pelos geógrafos ou outros estudiosos da paisagem.

Avaliação

Propõe-se como atividade avaliativa capaz de propiciar ao professor a verificação diagnóstica do domínio dos conceitos por parte dos alunos um *exercício de análise paisagística* (ou *leitura da paisagem*) referente ao domínio do cerrado, e que consiste basicamente no seguinte:

Ver Gérin-Grateloup (1999).

1. Partindo-se do pressuposto de que a análise da paisagem consiste em uma tentativa de compreendê-la em termos objetivos, propõe-se, em primeiro lugar, a seleção de imagens fotográficas do domínio do cerrado, atuais e antigas. Esta seleção poderá ser feita com a colaboração dos alunos, tomando-se o cuidado de identificar-se a localização geográfica de cada foto. Deve ser dada preferência às imagens obtidas da região referida no texto literário estudado.

2. O primeiro passo da análise é a *identificação e classificação dos elementos da paisagem*. Estes podem ser *elementos naturais* (o relevo, a vegetação natural etc.), que configuram uma morfologia (um conjunto de formas espacialmente estruturadas) que dá base a estruturas sociais e culturas, ou seja, os *elementos humanos* da paisagem (vegetação cultivada, edificações diversas, vias de comunicação etc.).

3. O segundo passo da análise consiste na *distinção de unidades paisagísticas*. Trata-se de identificar partes da paisagem que representem uma mesma combinação, repetitiva, de elementos naturais ou humanos (sendo, portanto, *homogêneas*). Recomenda-se classificá-las do primeiro plano (o mais próximo e mais visível) ao plano de fundo (o mais afastado e, por vezes, pouco visível). A denominação dessas unidades pode ser feita com relação a um aspecto marcante e característico da mesma.

4. O próximo passo refere-se à *observação da dinâmica da paisagem*, ou seja, de sua "fisiologia". Isto significa identificar e ordenar cronologicamente elementos antigos (*heranças* ou *vestígios*) e recentes e verificar indicadores evolutivos como sinais de declínio ou de desenvolvimento. Este procedimento permite, nesse momento, que os alunos levantem hipóteses sobre a história da paisagem.

5. Por fim, temos a *interpretação da paisagem*. Cabe nesse momento, em primeiro lugar, verificar a relação entre as unidades naturais e os arranjos humanos. Deve-se levar em conta também o que é "invisível", ou seja, o que se pode inferir a partir da paisagem: as técnicas, a organização social, os fluxos etc. Deve-se lembrar, ainda, que toda paisagem insere-se em espaços mais vastos, e que esta ligação pode explicar a presença de certos elementos paisagísticos que, de outra forma, não existiriam.

O exercício de análise paisagística deve ser regido pelo professor, que se ocupará em organizar a participação dos alunos na sequência dos passos propostos. É interessante que tal trabalho seja desenvolvido por meio do debate coletivo. Uma vez isto efetuado, os alunos poderão sistematizar, individualmente ou em equipes, as análises efetuadas, na forma de um relatório.

Aula 3
O sertão como região

Objetivos específicos da aula

- Trabalhar o conceito de região, tendo por base a concepção de "sertão" presente no texto literário.

Sequência de conteúdos

- Categorias geográficas fundamentais: o conceito de sertão e o espaço "sertanejo";
- O que define o sertão:
  - *O sertão como "deserto humano";*
  - *O sertão como meio natural, onde a interferência humana é mínima.*
- O sertão como região:
  - *O conceito de região.*
- A relação do sertanejo com o meio.

Orientação aos professores

A região, assim como a paisagem, é um dos conceitos espaciais fundamentais. Podemos dizer, de forma simples, que essa categoria geográfica consiste em certo espaço associado a uma característica ou conjunto de características que lhe conferem certa particularidade e, portanto, o diferencia. Uma dessas características é justamente o aspecto visual, ou fisionomia, expresso em uma paisagem "típica". A literatura "regionalista" tem este nome, justamente, por se fundamentar em tais particularidades.

A região, portanto, conforme lembra Dolfuss (1991, p. 99), é uma porção do espaço organizada de acordo com um sistema (ou seja, um conjunto articulado de elementos inter-relacionados). Assim, de acordo com tais características sistêmicas, fala-se em região natural (em que certos elementos físicos têm papel decisivo na organização do espaço), região histórica (produto de um passado compartilhado por uma coletividade que ocupa determinado território), região econômica, região urbana etc. De acordo com a maneira de organização do espaço, é possível qualificar regiões homogêneas, polarizadas etc.

A noção de "sertão", por sua vez, indica certo *tipo de região* que recebe tal denominação em função de um conjunto de características. O termo "sertão", que corresponde em outras línguas a expressões como *backwoods*, *wilderness*, *heartland* ou *hinterland*, conquanto tenha uso flexível, expressa em geral a noção de uma região *afastada*, interiorizada, pouco povoada e pouco desenvolvida (e, assim, em que a paisagem guarda uma fisionomia muito mais natural, ou "selvagem", do que humanizada), em que um modo de vida tradicional, predominantemente rural, se arrasta em ritmo lento e o peso da longa duração é uma marca de sua particularidade histórica. Ou seja, o sertão é definido em relação, ou por contraposição, à noção de civilização, representativa *do que está próximo* (no caso, de si mesma), do que é povoado e citadino, do que se desenvolve e progride, em que o ritmo da vida é rápido e a ação humana muito mais marcante na configuração do espaço.

Orientações didáticas (metodologia de ensino)

1. Os alunos, reunidos em duplas ou equipes pequenas, deverão selecionar (fichar), a partir do texto, frases que caracterizem a região descrita pelo autor (o sertão matogrossense), em termos de sua paisagem natural (vegetação, fauna, relevo etc.), da presença humana, dos hábitos e costumes, da relação do homem com o meio, das extensões e limites...

2. Dos trechos fichados, os alunos deverão sintetizar, em uma tabela, os *elementos caracterizadores* dessa região, de maneira que em uma coluna constem as características sintetizadas e, em outra, os trechos do texto que lhes deram origem (pode ser mais de um trecho por característica).

3. A partir das características sintetizadas, os alunos podem construir um enunciado caracterizando, ou seja, definindo, a região estudada. Os enunciados devem ser expostos e discutidos coletivamente, de maneira que se chegue a uma definição de consenso.

4. Definindo-se essa região a partir de suas características próprias, pode-se fazer um exercício de generalização, a partir da seguinte questão: se essa região é o "sertão matogrossense", o que é "sertão"? O que se pretende é

MÓDULO 3 - AS DIMENSÕES HUMANAS, A DIVERSIDADE PAISAGÍSTICA DO CERRADO

distinguir os atributos de um sertão em geral, considerando que a região estudada é um sertão *em particular*. Uma forma adequada de se construir esse conceito é pela comparação: a partir das características definidoras do sertão matogrossense, os alunos podem levantar como tais aspectos se configuram em outros "sertões", como o nordestino, e verificar o que há de comum e de diferenciado entre as regiões consideradas.

Observação: uma das conclusões fundamentais a que se chegará é que os sertões podem ter paisagens diferentes, ou seja, sertão não é sinônimo de região árida, conquanto muitas vezes as regiões áridas sejam mesmo sertões.

Avaliação

Um tema interessante para reflexão pode ser expresso pela questão: ainda existe o sertão matogrossense?

A procura da resposta para tal indagação deve indicar ao professor se os alunos apreenderam os conceitos estudados (que são relativamente complexos), por ser necessária sua aplicação a uma situação diferenciada. Propõe-se que os alunos, ainda nas mesmas equipes, pesquisem sobre as características da região estudada (hoje território do Estado do Mato Grosso do Sul) e verifiquem, levando em conta as características definidoras da categoria geográfica do sertão, se esse conceito ainda pode ser aplicado. É importante aqui o uso do **mapa literário** produzido anteriormente, bem como dos resultados da atividade comparativa então efetuada.

Os alunos deverão produzir um *texto argumentativo* respondendo à questão e sustentando a resposta, fazendo valer a técnica trabalhada nas aulas de língua portuguesa.

Aula 4
A fauna do cerrado e suas relações ecológicas

Objetivos específicos da aula
- Trabalhar os aspectos ecológicos do cerrado como tema transversal de meio ambiente.

Sequência de conteúdos

- A fauna do cerrado:
  - *Inventário da fauna;*
  - *Relações tróficas.*
- Cadeia alimentar;
- Nicho ecológico.

Orientação aos professores

Sabemos que todos os seres vivos são constituídos de átomos. Estes átomos, no entanto, não "pertencem" exclusivamente aos seres. A matéria viva, na verdade, é um "lugar de passagem" dos elementos químicos que formam o *cosmos*, uma vez que é dele (cosmos) que os seres vivos os retiram para se constituírem organicamente (na verdade, ao longo da vida, os átomos não cessam de entrar e sair dos organismos vivos). Depois de mortos e decompostos, os átomos voltarão ao *cosmos*. Desse modo, é justo pensar que a matéria, antes e depois de sua "estadia" no ser vivo, esteja como que "estocada" ou armazenada em algum lugar: este local é chamado de mundo não-vivo, ou abiótico (Allix, 1996, p. 281-282).

Esse mundo abiótico não necessita do mundo vivo para existir, mas o inverso não se dá. Essa circunstância denomina-se *prioridade ontológica* (do grego, *ontos*=ser) do mundo não vivo sobre o mundo vivo, o que significa, na verdade, uma relação de precedência. Portanto, não é possível imaginar a existência de uma quantidade importante de matéria vivente sem a presença de um *biótopo*, isto é, literalmente, um *lugar de vida* (*bios*=vida e *topos*=lugar). O biótopo significa, assim, o quadro de elementos interdependentes de ordem topográfica, geológica e climática no qual vivem as comunidades de seres vivos, ou *biocenoses*.

A biocenose (*bios*=vida, *koinos*=comum), por sua vez, designa um conjunto de populações (grupos de organismos da mesma espécie) de seres vivos, vegetais, animais ou micróbios, que habitam um determinado lugar comum, ou seja, coexistem. Em termos simples, se o biótopo for uma casa, a biocenose será representada pelos seus habitantes.

O conceito de biocenose também implica a noção de um sistema em que numerosas e diversificadas relações se estabelecem entre seus membros. Tais relações podem ser de concorrência (como a disputa por espaço), de simbiose, de colaboração, de parasitismo, de reprodução (polinização, dispersão de sementes por animais), de alimentação (nutricionais, também chamadas *relações tróficas*). Usualmente, tais interações ecológicas entre as espécies de uma mesma comunidade são classificadas de dois pontos de vista principais. Em primeiro lugar, caso representem vantagens ou desvantagens para certas espécies em relação a outras, podem ser *harmônicas* (há vantagens mútuas ou proveito recíproco ou, então, um dos associados leva vantagem indiferentemente para o outro) ou *desarmônicas* (quando a vantagem de um organismo associado representa dano ou desvantagem para o outro). Em segundo lugar, as relações podem ser classificadas conforme realizadas por indivíduos da mesma espécie (relação *intraespecífica* ou homotípica) ou de espécies diferentes, sejam quais forem (relação *interespecífica* ou heterotípica).

As relações alimentares (tróficas) são, dentre as relações ecológicas, as mais destacadas, uma vez que as espécies se alimentam umas das outras para viver. Assim, tais relações podem ser representadas por fluxos de matéria orgânica (e, assim, de energia química armazenada) unidirecionais, denominados *cadeias alimentares*. Em uma cadeia alimentar cada organismo representa um elo que constitui uma fonte de alimento para o elo seguinte. Cada elo da cadeia define um *nível trófico*: ela se inicia pelos vegetais clorofilados, denominados produtores primários ou autótrofos (que são capazes de utilizar substâncias minerais, como dióxido de carbono e nitratos, para produzir por fotossíntese sua matéria orgânica), passa por consumidores de primeira ordem (herbívoros), de segunda ordem (primeiros consumidores carnívoros) e assim por diante, e tem seu ponto de chegada nos organismos decompositores.

Devemos considerar também que todo ser vivo tem seu *habitat* (lugar onde vive, no sentido de espaço físico onde é encontrado), está sujeito a certas condições ambientais próprias ao meio (e, sendo assim, vamos denominar de *meio ambiente* às condições bióticas e abióticas que cercam o ser vivo). Em seu *habitat*, que por vezes é referido como o "endereço" do ser vivo, este desempenha um papel resultante de sua interação com as condições ambientais, incluindo as relações com os outros seres, o que determina sua "posição relativa" no meio. Esta posição, também por vezes referida como a "profissão" que o organismo exerce, é denominada de *nicho ecológico*.

Orientações didáticas (metodologia de ensino)

1. Em primeiro lugar, os estudantes devem fazer um *inventário da fauna* do Cerrado, a partir do texto. Uma pesquisa adicional é necessária para classificar e descrever os animais referidos. Deste inventário pode ser organizada uma exposição, com material ilustrativo, representativa da *biodiversidade*, ou seja, variedade de espécies, estudada. É interessante que a pesquisa aponte também se os animais estudados estão em perigo de extinção, o que pode ser verificado por meio de listas oficiais publicadas, por exemplo, pelo Ministério do Meio Ambiente.

   > Sobre a questão das espécies ameaçadas de extinção, ver na internet a página <www.mma.gov.br>, que disponibiliza as Listas Nacionais das espécies da fauna e flora brasileiras ameaçadas de extinção (acesso em novembro de 2008).

2. Tendo sido os animais estudados isoladamente, cabe agora verificar suas relações ecológicas. Para tanto, deve ser solicitado aos alunos que identifiquem no texto e transcrevam os trechos em que tais relações são abordadas, classificando-as em cada situação. A seguir, os alunos deverão esquematizar as cadeias alimentares identificadas, se possível reunindo-as em teias conforme suas possíveis intersecções.

3. Outra tarefa é a caracterização dos *nichos ecológicos*. Os alunos devem ser orientados a identificarem, a partir do texto (selecionando os trechos adequados), o "papel" exercido por cada animal no contexto ecológico considerado. Para tanto devem construir uma tabela relacionando cada animal analisado com o respectivo "papel". A partir das descrições desses papéis, cabe ao professor coordenar a discussão no sentido de se chegar a uma definição geral do conceito de *nicho*.

MÓDULO 3 - AS DIMENSÕES HUMANAS, A DIVERSIDADE PAISAGÍSTICA DO CERRADO

Avaliação

Sugere-se a produção, em equipes, de um painel em que os alunos sintetizem, esquematicamente (na forma de um "mapa conceitual ilustrado"), a diversidade biológica da fauna do cerrado e suas relações ecológicas, utilizando como legendas as passagens do texto correspondentes, acrescidas das informações adicionais levantadas pela pesquisa. Uma exposição pública dos painéis produzidos é interessante no sentido de socializar os conhecimentos adquiridos.

Aula 5
O domínio morfoclimático do Cerrado

Objetivos específicos da aula

- Trabalhar os conceitos *domínio morfoclimático* e *bioma*.

Sequência de conteúdos

- O domínio de natureza "Cerrado";
- Os suportes ecológicos:
  - *O solo arenoso;*
  - *Os rios;*
  - *O clima.*
- A flora do Cerrado:
  - *Formações vegetais;*
  - *Inventário da flora.*
- O conceito de ecótono-cerrado: transição paisagística mata-campo;
- O conceito de ecossistema;
- Construção do conceito de bioma.

Orientação aos professores

1. Os domínios morfoclimáticos

Para Ab'Saber (2003, p. 11-12), um domínio morfoclimático e fitogeográfico consiste em "um conjunto espacial de certa ordem de grandeza territorial – de centenas de milhares a milhões de quilômetros quadrados de área – onde haja um esquema coerente de feições de relevo, tipos de solos, formas de vegetação e condições climato-hidrológicas. Tais domínios espaciais, de feições paisagísticas e ecológicas integradas, ocorrem em uma espécie de área principal, de certa dimensão e arranjo, em que as condições fisiográficas e biogeográficas formam um complexo relativamente homogêneo e extensivo".

2. Os ecossistemas e os biomas

Em certo local, as relações entre a *biocenose* e o *biótopo* (conforme definidos na aula anterior) são complexas e de interdependência. Na realidade, biótopo e biocenose são sistemas e, como reagem um sobre o outro, seu conjunto constitui um "sistema de sistemas", ou um sistema mais complexo que representa um *lugar* e um *modo de organização*. A este conjunto denomina-se *ecossistema*.

O conceito de ecossistema, assim, reflete a noção de espaço (*oikos*=casa) e de funcionamento. Ou seja, o ecossistema engloba o biótopo (componentes abióticos), a biocenose (componentes bióticos) e suas interações (trocas de matéria e energia). Em síntese, em um ecossistema qualquer, os seres vivos utilizam os recursos do meio para suas necessidades, e tais fatores abióticos, em função da tolerância da biocenose em relação a eles, selecionam os organismos capazes de viver em determinadas condições e desenvolver, como vimos, numerosas relações entre si, as mais significativas sendo as de natureza trófica. Ou seja, o que resulta dessas interações é *uma comunidade em um ambiente adequado*.

Os ecossistemas podem variar enormemente de tamanho, o que implica em distingui-los por meio de um raciocínio multiescalar, entendendo que os ecossistemas se encontram "embutidos" uns nos outros, cada um pertencendo a um conjunto maior e mais complexo. Se, por um lado, há ecossistemas tão pequenos que, literalmente, cabem na mão (por exemplo, uma fruta apodrecida no solo contém uma comunidade de fungos, bactérias, insetos e vermes), estes estão englobados em sistemas ecológicos mais amplos, quer no espaço, quer considerados no tempo (a fruta caída é parte de um ecossistema constituído por materiais em decomposição na superfície do solo, que por sua vez é parte de um sistema maior que inclui a árvore, a qual integra a mata e assim por diante).

Seguindo este raciocínio chegaremos a englobar o planeta Terra por inteiro, que constituirá a *ecosfera*. Nesse sentido de "ecossistema planetário", o conceito de ecosfera equivale ao conceito usual (e amplo) de biosfera, ou seja, da parte do planeta em que existe vida. A ecosfera constitui-se, também, de um biótopo (representado pela litosfera, pela hidrosfera e pela atmosfera) e uma biocenose (a biosfera considerada em sentido mais restrito, ou seja, o conjunto da matéria viva do planeta). Sendo assim, a ecosfera (ou "casa esférica") representa a articulação entre a biosfera e o mundo abiótico e as relações que os unem.

Conforme Walter (1986, p. 2-3), a biosfera pode ser dividida em *geobiosfera* (que compreende os ecossistemas terrestres) e *hidrobiosfera* (os ecossistemas aquáticos). A geobiosfera, por sua vez, pode ser classificada segundo suas grandes zonas climáticas, que correspondem ecologicamente a

> O clima é considerado fator ambiental primário e independente, pois dele dependem a constituição do solo e a vegetação.

zonobiomas, que por sua vez são constituídos por *eubiomas*, ou simplesmente *biomas*, que correspondem a cada uma das unidades fundamentais que compõe os sistemas ecológicos maiores. Por exemplo, o cerrado brasileiro é um bioma integrante do zonobioma de clima tropical úmido-árido, com chuvas estivais (de verão) – zonobioma que engloba também as savanas africanas.

3. *O domínio do cerrado*

Segundo Ab'Saber (2003, p. 18), o domínio dos chapadões recobertos por cerrados e penetrados por florestas-galeria de diversas composições constitui-se em um espaço físico ecológico e biótico de primeira ordem de grandeza, possuindo de 1,7 a 1,9 milhão de quilômetros quadrados de extensão. Representante sul-americano da grande zona das savanas, o polígono dos cerrados centrais brasileiros, muito embora tenha uma posição zonal, não têm distribuição leste-oeste marcada, em função do caráter longitudinal e do grau de interiorização das matas atlânticas.

Conforme Romariz (1996, p. 37), o cerrado ocupa cerca de um quinto do território brasileiro, ocorrendo sobretudo nos planaltos do interior, notadamente em Mato Grosso e Goiás mas também por outros Estados, de forma contínua ou como "manchas". Em sua área principal predomina o clima tropical com alternância bem marcada de estações chuvosa e seca (esta com duração de três a quatro meses). Um dos aspectos mais típicos do cerrado é o tipo de vegetação caracterizado por árvores baixas de troncos e galhos retorcidos, casca espessa (às vezes protegida por uma camada de cortiça), folhas grandes ou duras, quase coriáceas em alguns casos. O estrato herbáceo é descontínuo, apresentando-se em tufos que recobrem irregularmente o solo. Diferentemente da caatinga, apenas algumas árvores perdem as folhas na estação seca, porque, sendo a maior parte dotada de raízes muito longas, podem alcançar a água dos lençóis subterrâneos.

Ainda segundo a autora citada, ressalta-se a distribuição dos tipos de vegetação em função do relevo (e, na verdade, da profundidade do lençol d'água) conforme a seguinte situação básica, que pode variar de local a local: as matas de galeria, em densas formações arbóreas, assinalam o curso dos rios onde há maior concentração de umidade; ocupando as vertentes suaves, predominam os campos de gramíneas (que não dispõem de raízes profundas); o alto dos chapadões é ocupado pelos cerrados (com suas árvores de longas raízes).

Conforme Conti e Furlan (2005, p. 180-181), o cerrado pode ser definido como um conjunto "floresta-ecótono-campo", e o conceito de ecótono, podemos esclarecer, reflete a existência de uma transição ecológica e paisagística entre as formações de campo (*campos limpos*) e as formações florestais (*cerradão*), assinalada pela ocorrência de formações intermediárias (*campos sujos, campos cerrados* e o *cerrado "típico"*) diferenciadas pela quantidade de biomassa arbórea e arbustiva. A ocorrência dos ecótonos, assim, seria devida à ação de certos fatores de controle dessa biomassa, como as condições do solo e a ação das queimadas.

Orientações didáticas (metodologia de ensino)

Nesta lição, procurar-se-á caracterizar o domínio de natureza do Cerrado a partir de elementos do texto literário. Para tanto, inicialmente o professor pode solicitar aos alunos a identificação dos seguintes aspectos, com a transcrição dos trechos em que aparecem descritos:

(a) Os suportes ecológicos: o solo, os cursos d'água, o clima;
(b) A flora do Cerrado: identificação das *formações vegetais* e inventário da *flora*.

A seguir, o professor poderá levantar o debate sobre as possíveis relações existentes entre a vegetação e seus suportes ecológicos (a ocorrência dos *capões* associadamente às nascentes úmidas é um bom exemplo), desenvolvendo o tema no sentido de identificar a lógica da distribuição das formações vegetais, chegando-se ao conceito de "ecótono-cerrado" (transição paisagística mata-campo).

Enfim, é possível agora, tendo sido vistas a fauna e suas relações ecológicas (na lição anterior), a vegetação e os suportes ecológicos, trabalhar-se o conceito de *ecossistema* (verificando-se as relações particulares que se estabelecem entre esses aspectos), e estendendo o raciocínio de forma multiescalar até chegar-se à caracterização do domínio do cerrado, em conjunto, como bioma.

Avaliação

Sugere-se um exercício de comparação entre o texto literário e fotografias (paisagens), identificando-se nelas os elementos descritos que caracterizam as particularidades do cerrado como conjunto de ecossistemas ou bioma. O trabalho pode ser realizado em equipes, que devem produzir apresentações em que se exponha o trecho selecionado, uma imagem escolhida e um texto explicativo do fenômeno ou conceito representado.

aula 6
O efeito do fogo no cerrado

Objetivos específicos da aula

- Aplicar os conceitos ecológicos aprendidos na análise de uma situação prática inspirada no texto literário.

Sequência de conteúdos

- O efeito do fogo no cerrado.

Orientação aos professores

Conforme Walter(1986, p. 14), o fogo pode muitas vezes substituir o papel ecológico dos organismos decompositores no sentido de efetuar uma rápida mineralização dos detritos orgânicos acumulados no solo. Os incêndios naturais provocados por relâmpagos são característicos de todas as pastagens no período de seca, dos bosques nas regiões de chuvas invernais e de todas as regiões de coníferas, mesmo sem a ajuda do homem. Segundo o autor, de fato o fogo é uma necessidade para a vegetação quando os decompositores são incapazes de "reciclar" todo o detrito.

Assim, em áreas protegidas (como os parques nacionais), os campos degeneram-se pelo acúmulo de serrapilheira que, de outra forma, seria periodicamente mineralizada. Em algumas regiões de charnecas da Austrália, a reciclagem de matéria chega a parar se os restos orgânicos das plantas mortas não forem queimados ao menos uma vez a cada 50 anos. Após um incêndio, essa reciclagem é posta de novo em andamento pelos componentes das cinzas. O fogo, assim, é muitas vezes um importante fator natural na manutenção do equilíbrio de um ecossistema.(Walter, 1986, p. 14)

Ainda conforme o autor citado, nas zonas climáticas tropicais úmido-áridas (caracterizadas por chuvas estivais, isto é, de verão), o fogo também é um fator natural, cuja presença se fez sentir antes do advento do homem. Em geral, os períodos de chuva são precedidos por trovoadas e, como existem nesta época grandes quantidades de gramíneas secas, os raios provocam facilmente incêndios, cuja frequência é comprovada pela existência de numerosas espécies de *pirófitos*, ou seja, de vegetais lenhosos resistentes à ação do fogo. Estas espécies de árvores ou de arbustos costumam apresentar uma casca espessa, que é apenas carbonizada externamente, protegendo o cerne. Os arbustos possuem muitas vezes botões dormentes, acima das raízes, que brotam toda vez que os rebentos aéreos são destruídos pelo fogo. Muitas espécies possuem órgãos subterrâneos de armazenagem de nutrientes, que tomam consistência lenhosa, permitindo a imediata regeneração. (Walter, 1986, p. 85)

Lembra Walter (1986, p. 85) que o homem da época pré-histórica já costumava queimar os campos com intenção de proteger as suas habitações contra o perigo do fogo inesperado, causado por raios, uma vez que a altura das gramíneas e outras plantas herbáceas nas zonas úmidas leva o fogo a se propagar com enorme velocidade e intensidade. As gramíneas voltam a crescer mais precocemente que os arbustos, depois da queima, fato este que favorece a pastagem.

No entanto, advertem Conti e Furlan (2005, p. 183) que, apesar de o fogo ser um agente importante para o cerrado, isto não é extensivo a todas as formações vegetais desse domínio. Por exemplo, queimadas de grandes proporções, utilizadas pelos fazendeiros no manejo do solo, prejudicam a fauna de mamíferos (como os tamanduás-bandeira, que são rapidamente incinerados por causa da pelagem longa, espessa e inflamável) e destroem as matas-galerias que protegem as drenagens.

Orientações didáticas (metodologia de ensino)

Taunay descreve de maneira "ecologicamente surpreendente" e precisa o papel ecológico do fogo na paisagem do cerrado. Em primeiro lugar, o professor deverá solicitar aos alunos que identifiquem os trechos do texto em que tal fenômeno é descrito. A seguir, os alunos devem esquematizar o processo, por meio de um *mapa conceitual*. Este trabalho pode ser esboçado, inicialmente, em duplas ou equipes pequenas, permitindo uma reflexão prévia, mas é interessante, a seguir, que se faça a construção coletiva do mesmo, coordenada pelo professor. Neste momento, o docente poderá discutir os conceitos significativos envolvidos.

Avaliação

Propõe-se um exercício prático em que os alunos possam concluir, por si próprios, acerca dos efeitos da ação do fogo no cerrado. Parte-se para isto de uma figura que, ao modo das histórias em quadrinhos, apresenta uma sequência cronológica de eventos em um campo do cerrado (abaixo). Nesta situação ecológica há competição entre populações de arbustos (leguminosas) e capim (gramíneas) pelo território. A dinâmica ecológica está caminhando em certo sentido (da expansão da vegetação arbustiva) até que a ação do fogo, privilegiando a vegetação herbácea (que se desenvolve mais rápido) faz retornar uma configuração ecológica semelhante à original.

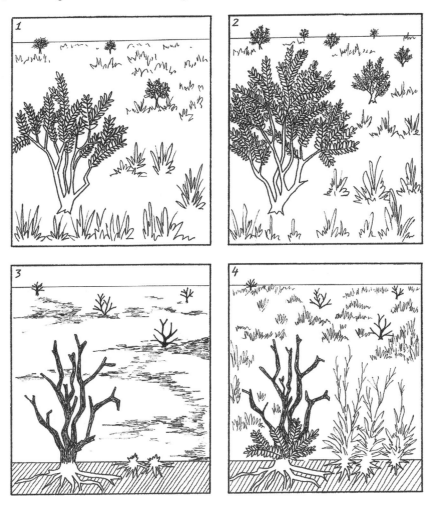

Figura 1. Efeito do fogo no cerrado (adaptado de BSCS, 1972)

A figura deve ser distribuída aos alunos, que poderão trabalhar em duplas ou equipes pequenas, juntamente com o questionário abaixo, que servirá de guia para a análise.

Questionário adaptado de BSCS (1972).

MÓDULO 3 - AS DIMENSÕES HUMANAS, A DIVERSIDADE PAISAGÍSTICA DO CERRADO

(1) Na sequência dos quadros 1 e 2, que população (arbustos ou gramíneas) está se desenvolvendo mais?

(2) Sabendo que as raízes dos arbustos alcançam vários metros de profundidade, que vantagem isto lhes dá na competição com as gramíneas?

(3) Se a tendência esboçada nessas figuras perdurasse, que tipo de comunidade viria a ocupar a região?

(4) Nos quadros 3 e 4 vemos a paisagem após a ocorrência de um incêndio. Qual o efeito nas plantas? Elas sobrevivem ao fogo? Por quê?

(5) Sabendo-se que as gramíneas atingem a maturidade e produzem sementes em um ou dois anos, e supondo que a leguminosa da figura precisa de quatro a dez anos para florir, que planta perdeu mais em termos de tempo de crescimento?

(6) No quadro 4, que tipo de planta predomina (ocupa maior área)?

(7) Que aspecto você espera para a área quatro ou cinco anos depois do incêndio?

(8) Sintetize o papel ecológico do fogo sobre a paisagem dessa região.

É importante que o professor, num primeiro momento, não influencie no trabalho desenvolvido (pois que o questionário é autoexplicativo e complementa a figura). Tendo sido realizada a análise (por escrito), o professor então coordenará o debate sobre as conclusões apresentadas por cada grupo, sendo que estes deverão apresentar os argumentos em que se basearam.

Atividade final interdisciplinar do módulo

Tema
As transformações do cerrado: o sertão hoje

Análise da realidade contemporânea

Dos tempos de Taunay até hoje o meio geográfico do "sertão matogrossense" sofreu transformações significativas em termos de suas paisagens, das atividades humanas e do "modo de ser" característico da região. Isto se deveu à expansão do povoamento, à alteração das atividades agrícolas e pecuárias, ao crescimento das cidades, à implantação das redes de comunicação e transportes etc.

Conforme assinala Darcy Ribeiro (2006, p. 328), nas últimas décadas, "(...) uma descoberta tecnológica abriu novas perspectivas de vida econômica para os cerrados. Verificou-se que aquelas imensidades (...) ofereceriam condições perfeitas para o cultivo de soja ou do trigo, à condição de que fosse corrigida sua acidez. Assim é que os cerrados estão sendo invadidos por grupos de fazendeiros sulinos, à frente de imensa maquinaria, para o cultivo de cereais de exportação. Alguns poucos sertanejos estão aprendendo a ser tratoristas ou trabalhadores especializados das grandes plantações. Para a massa humana do sertão é que essa riqueza nova não oferece esperança alguma."

Em sentido convergente, observa Ab'Saber(2003, p. 35) que "durante as últimas três décadas, algumas regiões do Centro-Sul do Brasil mudaram do ponto de vista da organização humana, dos espaços herdados da natureza, incorporando padrões modernos que abafaram, por substituição parcial, velhas e arcaicas estruturas sociais e econômicas. Essas mudanças ocorreram, principalmente, por causa da implantação de novas infraestruturas viárias e energéticas, além da descoberta de impensadas vocações dos solos regionais para atividades agrárias rentáveis". Prossegue o autor: "Em Goiás e Mato Grosso, as modificações dependeram fundamentalmente de novos manejos aplicados às terras de cerrados, paralelamente a uma extensiva, ainda que incompleta, modernização dos meios de transporte e circulação. Acima de tudo, porém, o desenvolvimento regional deveu-se a uma articulada transformação dos meios urbanos e rurais, a serviço da produção tanto de alimentos básicos, como o arroz, por exemplo, quanto de grãos para consumo interno e exportação (soja)".

Dentre as consequências de tais modificações, uma das mais significativas é aquela referente aos impactos ambientais sofridos pelos ecossistemas do bioma cerrado.

Trabalho com matérias jornalísticas

Uma das formas de abordar a questão da degradação ambiental do cerrado é o levantamento de matérias jornalísticas e imagens que apresentem as transformações paisagísticas e impactos sofridas pela região nos últimos anos. Os alunos, em equipes, devem organizar uma exposição desse noticiário (certo número de notícias por grupo), procurando evidenciar os impactos ocorridos, sua abrangência, as causas da degradação e suas possíveis consequências para os ecossistemas e a população. Isto de modo que, ao final, todos tenham uma visão panorâmica do assunto. Cada aluno pode então, individualmente, produzir um texto de reflexão sobre as transformações ambientais sofridas pelo sertão.

Como trabalhar com outros autores, obras e temas

Não temos dúvida de que uma análise sistemática da história da literatura em língua portuguesa fornecerá elementos para o trabalho com muitos outros conteúdos. Tal análise pode ser feita pelo recurso a autores como Candido, Bosi, Werneck Sodré, ou a estudiosos de diversos campos do conhecimento que se preocuparam em analisar mais aprofundadamente a questão. Assim, será possível saber o que se pode obter de interessante, a partir das obras literárias, para o trabalho com conteúdos particulares.

Nesse contexto da totalidade da produção literária, seja nacional, portuguesa ou africana, acreditamos que o estudo acima proposto permitirá a construção de inventários que associem obras e temas, sendo assim um trabalho de grande interesse para o planejamento de projetos pedagógicos interdisciplinares, como o que apresentamos neste livro. Um exemplo de iniciativa que abre caminho para tanto é a publicação do IBGE (Instituto Brasileiro de Geografia e Estatística) do *Atlas das Representações Literárias das Regiões Brasileiras*, que comentamos no início deste trabalho.

O inventário que propomos, no entanto, é uma atividade de extensão tal que vai além dos propósitos deste livro. Tal trabalho, que implica a seleção de autores e obras de interesse para a aplicação como ferramenta didática, pautada em critérios temáticos e de qualidade e estilo literários, é um projeto que pretendemos apresentar em ocasião posterior.

Seja como for, o requisito essencial para o trabalho didático com o texto literário é a identificação, neste, das qualidades de *geograficidade* e *historicidade* que correspondam aos objetivos pedagógicos traçados para o trabalho referente a tais áreas do conhecimento no projeto pedagógico, além das qualidades literárias próprias ao estudo da língua. Trata-se, portanto, de uma investigação analítica e reflexiva, sobre a qual podemos citar dois exemplos: Moreira, no caso da Geografia; e Marson, no da História.

Ruy Moreira (2007) analisa as obras *Vidas Secas* (de Graciliano Ramos), *Macunaíma* (de Mário de Andrade) e *Grande Sertão: Veredas* (de Guimarães Rosa). Sobre *Vidas Secas*, percebe ser um traço característico que "a fala sobre a interioridade subjetiva dos personagens remete à paisagem árida do semiárido". Esta correlação entre objetividade e subjetividade é mostrada, por exemplo, quando "a narrativa mordida da inclemência da vida social se confunde com a da inclemência da natureza física", ou quando "o horizonte ilimitado do clima semiárido é tão abrangente quanto a sufocação do latifúndio dominante na paisagem". Tratar-se-iam, assim, de "horizontes que se fundem, porque se confundem" (p. 145).

Assim, para o autor citado, a descrição paisagística pormenorizada do "sertão mortificado" feita por Graciliano corresponde a um relato da "interioridade seca e desolada do espírito de um povo sem perspectivas de boas safras de vida". Assim, "da angústia ao ódio e às esperanças, o estado subjetivo dos homens desesperançados une-se aos detalhes externos de uma natureza emudecida pela seca e pela morte da vida. No simbolismo da fala, o semiárido objetivo da paisagem externa é a angústia, a opressão, a expulsão do homem da realidade social na paisagem interna e subjetiva do espírito. Na falta d'água, na seca do rio, na salinização do açude está a morte subjetivo-objetiva da vida. O simbolismo cinzento do sertão semiárido é a cor do latifúndio e o latifúndio é a cor cinzenta do sertão semiárido". Enfim, conclui Moreira que, em *Vidas Secas*, *espaços externos* e *espaços internos* se "fundem e se confundem, porque se leem mutuamente" (ou seja, numa espécie de *intertextualidade vital*, poderíamos dizer). Isto marcaria, assim, para o autor, a identificação do que chama de "unidade objetivo-subjetiva das contradições da existência (des)humana do sertanejo" (p. 145).

Fica evidenciada na passagem acima o grande potencial de *Vidas Secas* numa articulação interdisciplinar de estudo: conjugam-se as vicissitudes do meio (explorar o semiárido e suas secas periódicas sob o ponto de vista climatológico parece ser o ponto de partida óbvio; discutir os aspectos paisagísticos e biogeográficos, a estrutura fundiária e sua formação histórica, suas consequências na hierarquização social, o êxodo rural, a migração... mas tudo isso de um ponto de vista humano, não se colocando a objetividade das condições naturais e das construções societárias de forma alheia ao ser e sua subjetividade, seu modo de pensar e de ver o mundo e se posicionar nele, suas angústias, alegrias, tristezas e esperanças.

Já Adalberto Marson (1984, p. 63) se refere a *Menino de Engenho*, de José Lins do Rego, quando trata da questão do significado histórico do "13 de maio". Para tanto, cita a seguinte passagem: "Quando veio o 13 de maio, fizeram um coco no terreiro até alta noite. Ninguém dormiu no engenho, com zabumba batendo. Levantei-me de madrugada, para ver o gado sair para o pastoreador, e me encontrei com a negrada, de enxada no ombro: iam para o eito. E aqui ficaram comigo. Não saiu do engenho um negro só. Para esta gente pobre a abolição não serviu de nada. Vivem hoje comendo farinha seca e trabalhando o dia. O que ganham nem dá para o bacalhau. Os negros enchiam a barriga com angu de milho e ceará, e não andavam nus como hoje, com os troços aparecendo. Só vim a ganhar dinheiro com o açúcar com a abolição. Tudo o que fazia antes era para comprar e vestir negros."

Observa Marson que o "corte do tempo no 13 de maio" (ou seja, um acontecimento breve, precipitado) tem então um duplo sentido: nada para os negros e oportunidades de lucro para o proprietário. No entanto, no que diz respeito à acumulação e ao lucro, tratar-se-ia apenas de "uma nova maneira de lidar com o dinheiro na reprodução da força de trabalho" (p. 63); ou seja, o assalariamento no lugar da escravidão. Conclui Marson que "transparece a sensação de uma mudança girando em torno do mesmo: os negros continuam a ir para o eito, numa situação igual e até pior, arrastando a indiferença entre o ser escravo e o ser livre assalariado, tal qual o proprietário continua tratando-os do mesmo lugar de dominação, igual e até melhor na rentabilidade, incorporando uma forma variante de apropriação da força de trabalho" (p. 63). Impossível não lembrar aqui de um clássico de literatura italiana, *O Leopardo*, de Giuseppe Lampedusa (1896-1957): "Se queremos que tudo fique como está, é preciso que tudo mude..." Em 1963, o romance ganhou uma versão cinematográfica dirigida por Luchino Visconti.

Enfim, considerando que Lins do Rego não inventou a narrativa citada, mas "antes recriou as falas articuladoras de um certo imaginário tão intensamente vivido por ele e muitos outros protagonistas de seu meio social e de sua época" (p. 63), Marson conclui pela necessidade de serem repensados os critérios de periodização e interpretação histórica que implicam na passagem do trabalho escravo para o *trabalho livre* como *etapas diferenciadas* do real e, dessa forma, efetuar-se a releitura do significado da *Lei Áurea*.

Os dois exemplos citados acima, que poderiam acompanhar-se de muitos outros, mostram caminhos para filtrar-se e colocar-se em evidência a *historicidade* e a *geograficidade* presentes na obra literária, que é o passo fundamental para possibilitar o uso da literatura do romance como ferramenta de ensino. Esta, no entanto, é só uma parte do trabalho, pois o *potencial didático* pode ou não tornar-se um instrumento didático, e interdisciplinar se o desejarmos, em função da maneira como for utilizado. Ou seja, é necessário que sejam construídas propostas pedagógicas que, imbuídas de pressupostos coerentes com os objetivos educacionais almejados, com as necessidades de nossos alunos e as aspirações da comunidade, façam da literatura uma parceira. Neste livro sugerimos algumas ideias de aplicação que, provindas de nossos referenciais teóricos e de nossas experiências práticas, nos pareceram interessantes, e que desejamos sejam companheiras de viagem dos educadores que trilham seus próprios caminhos.

Referências bibliográficas

AB'SABER, Aziz N. Linguagem e ambiente: os caprichos da natureza e a capacidade evocadora da terminologia científica. *Scientific American Brasil*, Ano 1, n.1, junho de 2002, p.98.

AB'SABER, Aziz N. *Os domínios de natureza no Brasil*: potencialidades paisagísticas. São Paulo: Ateliê Editorial, 2003.

AB'SABER, Aziz N. Faixas de transição e contato: a transição entre domínios de vegetação é marcada por feições híbridas. *Scientific American Brasil*, Ano 5, n.54, novembro de 2006, p. 98.

AB'SABER, Aziz N. *O que é ser geógrafo*: memórias profissionais de Aziz Nacib Ab'Saber em depoimento a Cynara Menezes. Rio de Janeiro: Record, 2007.

ALLIX, Jean-Pierre. *L'Espace humain*: une invitation á la Géographie. Paris: Éditions du Seuil, 1996.

ALVES, Clair. *A arte de escrever bem*. Petrópolis: Vozes, 2005.

ASSIS, Machado de. *Quincas Borba*. São Paulo: Globo, 1997 (Obras completas de Machado de Assis).

BARRACLOUGH, Geoffrey. *Introdução à História Contemporânea*. Rio de Janeiro: Zahar Editores, 1966.

BERNUCCI, Leopoldo. "Prefácio". In: CUNHA, Euclides. *Os Sertões*: Campanha de Canudos. 2.ed. São Paulo: Ateliê Editorial, Imprensa Oficial do Estado, Arquivo do Estado, 2001, p. 13-49.

BESSE, Jean-Marc. *Ver a Terra*: seis ensaios sobre a paisagem e a geografia. São Paulo: Perspectiva, 2006.

BSCS (BIOLOGICAL SCIENCES CURRICULUM STUDY). *Biologia*. São Paulo: EDART/FUNBEC, 1972, v.II.

REFERÊNCIAS BIBLIOGRÁFICAS

BITTENCOURT, Circe M.F. *Ensino de História*: fundamentos e métodos. São Paulo: Cortez, 2004.

BOSI, Alfredo. As letras na Primeira República. In: FAUSTO, Boris (dir.) *História Geral da Civilização Brasileira*. (Tomo III: O Brasil Republicano; 2º Volume: sociedade e instituições 1889-1930). 4.ed. Rio de Janeiro: Bertrand Brasil, 1990, p.293-319.

BOSI, Alfredo. *História concisa da literatura brasileira*. 3. ed. São Paulo: Cultrix, 1995.

BRASIL. Secretaria de Educação Fundamental. *Parâmetros Curriculares Nacionais*: História e Geografia (1 à 4ª série). 2.ed. Rio de Janeiro: DP&A, 2000.

BRASIL. Secretaria de Educação Fundamental. *Parâmetros Curriculares Nacionais*: Língua Portuguesa (1 à 4ª série). 2.ed. Rio de Janeiro: DP&A, 2000.

BRASIL. Ministério da Educação. Secretaria de Educação Fundamental. *Parâmetros Curriculares Nacionais* [5ª à 8ª série]: Geografia. Brasília: MEC/SEF, 1998a.

BRASIL. Ministério da Educação. Secretaria de Educação Fundamental: *Parâmetros Curriculares Nacionais* [5ª à 8ª série]: Introdução aos Parâmetros Curriculares Nacionais. Brasília: MEC/SEF, 1998b.

BRASIL. Ministério da Educação. Secretaria de Educação Média e Tecnológica. *Parâmetros Curriculares Nacionais*: ensino médio: ciências humanas e suas tecnologias. Brasília: MEC/SEMT, 1999a. V.4.

BRASIL. Ministério da Educação. Secretaria de Educação Média e Tecnológica. *Parâmetros Curriculares Nacionais*: ensino médio: linguagens, códigos e suas tecnologias. Brasília: MEC/SEMT, 1999b. v.2.

BRAUDEL, Fernand. *Gramática das Civilizações*. São Paulo: Martins Fontes, 2004.

CADERMATORI, Lígia. *Períodos literários*. 2.ed. São Paulo: Ática, 1986.

CANDIDO, Antonio. A literatura durante o Império. In: BUARQUE DE HOLLANDA, S. (dir.) *História Geral da Civilização Brasileira* (Tomo II: O Brasil Monárquico; 3º Volume: reações e transações). 5.ed. São Paulo: DIFEL, 1985, p.343-355.

CANDIDO, Antonio. *Formação da Literatura Brasileira*. 7.ed. Belo Horizonte/Rio de Janeiro: Itatiaia, 1993, v.2.

CANDIDO, Antonio e CASTELLO, José A. *Presença da literatura brasileira*: história e antologia (I – das origens ao realismo).10 ed. Rio de Janeiro: Bertrand Brasil, 2001.

CANDIDO, Antonio. *Iniciação à literatura brasileira*: Rio de Janeiro: Ouro sobre Azul, 2004a. (Obra também publicada, em edição de 1997, pela Ed. Humanitas, da FFLCH-USP)

CANDIDO, Antonio. *O Observador literário*. Ouro Sobre Azul: Rio de Janeiro, 2004b.

CASTELLS, Manuel. *A questão urbana*. São Paulo: Paz e Terra, 2000.

COLL, César. *Aprendizagem escolar e construção do conhecimento*. Porto Alegre: Artmed, 1994.

Referências bibliográficas

CONTI, José B. e FURLAN, Sueli A. Geoecologia: o clima, os solos e a biota. In: ROSS, J.L.S. (org.) *Geografia do Brasil*. 5.ed. São Paulo: EDUSP, 2005, p.67-208.

COSTA, Emília Viotti da. Entrevista. In: MORAES, José G.V. e REGO, José M. *Conversas com historiadores brasileiros*. 2.ed. São Paulo: Ed. 34, 2007.

CUNHA, Euclides. *Os Sertões*. Texto digitalizado a partir da ed. "Ministério da Cultura. Fundação Biblioteca Nacional. Departamento Nacional do Livro", s/d. Disponível em: <http://www.dominiopublico.gov.br/download/texto/bn000091.pdf>. Acesso em: 27.ago. 2009.

DOLLFUS, Olivier. *A análise geográfica*. São Paulo: Difusão Europeia do Livro, 1973.

DOLLFUS, Olivier. *O espaço geográfico*. 5.ed. Rio de Janeiro: Bertrand Brasil, 1991.

ERHART, Henri. Biostasia e resistasia: esboço de uma teoria que considera a pedogênese como um fenômeno geológico. *Notícia Geomorfológica* (9/10): 23-25. Campinas, abril-agosto de 1962.

ERHART, Henri. A teoria bio-resistática e os problemas biogeográficos e paleobiológicos. *Notícia Geomorfológica* (11): 51-58, Campinas, junho de 1966.

FARACO e MOURA. *Gramática*. 19.ed. São Paulo: Ática, 2001.

FÉBVRE, Lucien. *A Terra e a evolução humana*: introdução geográfica à História. Lisboa: Cosmos, 1954 (Panorama da Geografia, v.2, p.411-733).

FISCHER, Luís Augusto. *Literatura brasileira*: modos de usar. Porto Alegre: L&PM, 2007.

FREIRE, Paulo. *Pedagogia da Autonomia*. 28.ed. São Paulo: Paz e Terra, 2003.

FREUD, Sigmund. *O mal-estar na civilização*. In: FREUD: Os Pensadores. São Paulo: Abril Cultural, 1978, p.129-194.

FUNARI, Pedro P. Fontes arqueológicas: os historiadores e a cultura material. In: PINSKY, C.B. (org.) *Fontes Históricas*. São Paulo: Contexto, 2005, p.81-110.

GARMES, Hélder e SIQUEIRA, José Carlos. *Eça de Queirós*: cenas da vida portuguesa. Cadernos Entrelivros 5 (Panorama da Literatura Portuguesa). São Paulo: Duetto, 2007(?), p.43-49.

GÉRIN-GRATELOUP, Anne-Marie. *Précis de Géographie*. Paris: Nathan, 1999.

GIDDENS, Anthony. *Sociologia*. 4.ed. Lisboa: Fundação Calouste Gulbenkian, 2004.

IANNI, Octavio. *Teorias da Globalização*. 2.ed. Rio de Janeiro: Civilização Brasileira, 1996.

IBGE – Instituto Brasileiro de Geografia e Estatística. *Atlas das Representações Literárias das Regiões Brasileiras* (vol.1 – Brasil Meridional). Rio de Janeiro: IBGE (Coord. de Geografia), 2006.

KAERCHER, Nestor A. Geografizando o jornal e outros cotidianos: práticas em Geografia para além do livro didático. In: CASTROGIOVANNI, A.C. (org.). *Ensino de Geografia*: práticas e textualizações no cotidiano. 6.ed: Porto Alegre: Mediação, 2008.

KÖCHE, Vanilda S.; BOFF, Odete M.B.; PAVANI, Cinara F. *Prática textual*: atividades de leitura e escrita. Petrópolis: Vozes, 2006.

KRIPPENDORFF, Ekkehart. *História das Relações Internacionais*. Lisboa: Antídoto, 1979.

KUPFER, Maria Cristina. *Freud e a Educação*: o mestre do impossível. 3.ed. São Paulo: Scipione, 2007.

LE GOFF, Jacques. Documento/monumento. In: *Enciclopédia Einaudi*, (Volume 1: Memória-História). Lisboa: Imprensa Nacional/Casa da Moeda, 1984, p.95-106.

LUKÁCS, Georg. Ser e Consciência. In: HOLZ, H.H. et al. *Conversando com Lukács*. Rio de Janeiro: Paz e Terra,1969, p.11-38.

MAGDOFF, Harry. *Imperialismo*: da era colonial ao presente. Rio de Janeiro: Zahar, 1979.

MARSON, Adalberto. Reflexões sobre o procedimento histórico. In: SILVA, M.A. (org.) *Repensando a História*. Rio de Janeiro: Marco Zero, 1984.

MARTINS, Fernandes. "À guisa de prefácio: Geografia e História". In: VIDAL DE LA BLACHE, Paul. *Princípios de Geografia Humana*. Lisboa: Cosmos, 1954.

MÉRENNE-SCHOUMAKER, Bernadette. *Didáctica da Geografia*. Porto: Edições ASA, 1999.

MIRAS Mestres, Mariana e ONRUBIA Goñi, Javier. Desenvolvimento pessoal e educação. In: COLL Salvador, César (org.) *Psicologia da Educação*. Porto Alegre: Artmed, 1999, p.73-133.

MEDEIROS, Daniela Z.S. e SOUZA, Samir C. Geografia, literatura e ensino: uma compreensão do sertão brasileiro a partir das obras Grande Sertão: Veredas, Vidas Secas e Os Sertões. *III Congresso de Pesquisa e Inovação da Rede Norte Nordeste de Educação Tecnológica*. CEFET-Ceará, 2008. Disponível em <www.intv.cefetce.br/connepi/viewabstract.php?id=210>. Acesso em 16/07/2008.

MONTEIRO, Carlos A. F. *O mapa e a trama*: ensaios sobre o conteúdo geográfico em criações romanescas. Florianópolis: Ed. UFSC, 2002.

MOREIRA, Ruy. *Pensar e ser em Geografia*. São Paulo: Contexto, 2007.

MOREIRA, Ruy. *O pensamento geográfico brasileiro*: 1 – as matrizes clássicas originárias. São Paulo: Contexto, 2008.

NAVARRO C., Juan M. e CALVO M., Tomas. *História da Filosofia* (1º volume: dos présocráticos à Idade Média). Lisboa: Edições 70, 1998.

ORTEGA, Any M. e PELOGGIA, Alex U.G. Manifesto Geohistórico: entender geograficamente a História, pensar historicamente a Geografia. *Geohistória*, Ano 1, nº1, Maio de 2007, p. 1-2. Disponível em <www.unimesp.edu.br/arquivos/geomaio.pdf >. Acesso em 09.09.2009.

PAULET, J.-P. *La géographie du monde*. Paris: Nathan, 1998.

REFERÊNCIAS BIBLIOGRÁFICAS

PELOGGIA, Alex. *O homem e o ambiente geológico*: geologia, sociedade e ocupação urbana no município de São Paulo. São Paulo: Xamã, 1998.

PELOGGIA, Alex U. G. *Metamorfoses do Imperialismo Norte-Americano*: da "conquista do Oeste" à Guerra do Iraque. São Paulo, 2004, 57 p. (Monografia de Especialização em Política e Relações Internacionais, Escola Pós-Graduada de Ciências Sociais da Fundação Escola de Sociologia e Política de São Paulo).

PENJON, J. "Romantismo" (verbete). In: TEYSSIER, Paul. *Dicionário de literatura brasileira*. São Paulo: Martins Fontes, 2003.

PONTUSCHKA, Nídia N.; PAGANELLI, Tomoko I.; CACETE, Núria H. *Para ensinar e aprender geografia*. São Paulo: Cortez, 2007.

PROENÇA, Domício (Filho). *A linguagem literária*. 7.ed. São Paulo: Ática, 2005.

QUEIRÓS, Eça de. *A cidade e as serras*. Texto digitalizado por Marciana Maria Muniz Guedes, a partir da ed. "São Paulo: Ática. (Série Bom Livro)". Disponível em: <http://www.dominiopublico.gov.br/pesquisa/PesquisaObraForm.do>. Acesso em: 24 ago. 2009.

RECLUS, Élisée. *L'Homme et la Terre*. Paris: La Découverte, 1998.

RIBEIRO, Darcy. *O povo brasileiro*: a formação e o sentido do Brasil. São Paulo: Campanhia das Letras, 2006.

ROMARIZ, Dora A. *Aspectos da vegetação do Brasil*. 2.ed. São Paulo: Edição da Autora, 1996.

RUIZ, Rafael. Novas formas de abordar o ensino de História. In: KARNAL, L. (org.) *História na sala de aula*: conceitos, práticas e propostas. 2.ed. São Paulo: Contexto, 2004.

SAINT-EXUPÉRY, Antoine. *Piloto de Guerra*. São Paulo: Nacional, 1943.

SANTANA, José Carlos B. *Ciência e Arte:* Euclides da Cunha e as Ciências Naturais. São Paulo: Hucitec, 2001.

SANTOS, Milton. *Técnica, espaço, tempo*: globalização e meio técnico-científico-informacional. 2.ed. São Paulo: Hucitec, 1996.

SCHRADER, F. e GALLOUÉDEC. L. *Atlas Classique de Géographie Ancienne et Moderne*. Paris: Hachette, 1922.

SEVCENKO, Nicolau. *Literatura como missão*: tensões sociais e criação cultural na Primeira República. 3.ed. São Paulo: Brasiliense, 1989.

SHEPHERD, Michael. *Sherlock Holmes e o caso do Dr. Freud*. São Paulo: Casa do Psicólogo, 1987.

SILVA, Ezequiel T. "Literatura e Pedagogia: interpretação dirigida a um questionamento". In: ZILBERMAN, R, e SILVA, E.T., *Literatura e Pedagogia*: ponto e contraponto. 2.ed. São Paulo: Global; Campinas: ALB, 2008, p. 39-48.

SOUZA, Antonio Candido de M. A literatura durante o Império. In: HOLANDA, S.B. *História Geral da Civilização Brasileira* (Tomo II: O Brasil Monárquico). 5.ed, São Paulo: Difel, 1985, v.3, p.343-355.

SUASSUNA, Ariano. "Eu sou é Imperador!". Entrevista. Revista *Nossa História*, dezembro 2004, p. 50-55.

TAUNAY, Visconde de. *Inocência*. Texto digitalizado a partir da "19ª ed., São Paulo: Ática, 1991 (Bom Livro)". Disponível em: <http://www.dominiopublico.gov.br/pesquisa/PesquisaObraForm.do>. Acesso em: 24 ago. 2009.

TEYSSIER, Paul. *Dicionário de literatura brasileira*. São Paulo: Martins Fontes, 2003.

THOUREAU, Henry. *Walden ou a vida nos bosques*.5.ed. São Paulo: Global, 1989.

VERÍSSIMO, Érico. *Breve História da Literatura Brasileira*. São Paulo: Globo, 1995.

VIDAL DE LA BLACHE, Paul. *Princípios de Geografia Humana*. Lisboa: Cosmos, 1954.

WALTER, Heinrich. *Vegetação e Zonas Climáticas*: tratado de Ecologia Global. São Paulo: EPU, 1986.

WATSON, Adam. *A evolução da sociedade internacional*: uma análise histórica comparativa. Brasília: Ed. UnB, 2004.

WERNECK SODRÉ, Nelson. *História da literatura brasileira*. 7.ed. São Paulo: Difel, 1982.

ZILBERMAN, Regina. "Sim, a literatura educa". In: ZILBERMAN, R, e SILVA, E.T., *Literatura e Pedagogia*: ponto e contraponto. 2.ed. São Paulo: Global; Campinas: ALB, 2008, p. 17-24.

Fábio Cardoso dos Santos

É graduado em Letras, Pedagogia e mestre em Linguística. Atualmente é professor universitário em cursos de graduação em Letras e Pedagogia. Foi também professor da rede oficial e particular de ensino do Estado de São Paulo, com experiência no Ensino Fundamental I e II e no Ensino Médio, e autor de livros infantis.

Any Marise Ortega

É bacharel e licenciada em História, pós-graduada (especialista) em História e Sociologia do Trabalho, doutora em Ciências Sociais (Política) e também pedagoga. Lecionou no Ensino Fundamental II e no Ensino Médio em escolas públicas e particulares, e atualmente é professora de cursos de graduação em História, Letras, Pedagogia, Geografia e Educação Artística.

Alex Ubiratan Goossens Peloggia

É graduado em Geologia, habilitado professor de Matemática e doutor em Ciências (Geoquímica e Geotectônica). É pós-graduado (especialista) em Educação (Magistério do Ensino Superior) e em Política e Relações Internacionais. Lecionou no Ensino Médio Técnico e atua hoje no ensino superior, em cursos de graduação em Geografia, História, Ciências Biológicas, Gestão Ambiental e Engenharia Ambiental.